감자가 나를 보고 있었다
박승열 시집

문학동네시인선 175 박승열
감자가 나를 보고 있었다

시인의 말

스타일은 내부에서 온다.

2022년 7월
박승열

차례

2막 두 날의 꿈은 완전히 달랐다

3막 오류도 기원도 모르고

1막
무엇이든 피어나는 내부

감자 독백

내가 시선을 돌리고 있을 때
감자가 나를 보고 있었다.

뼈처럼. 감자. 빛처럼. 감자.
한 무더기 감자가 일제히 나를 보고 있었다.

아버지 김이 와서 감자 한 알을 가져갔다.
아버지 이, 박, 최가
내 뒤에서 자꾸만 감자를 가져가고 있었다.
아버지 김, 이, 박, 최의 품속을
감자는 자꾸만 파고들고 있었다.
품속의 옅은 빛에 의존해
감자는 자꾸만 내 뒤통수를 쳐다보고 있었다.

나는 뒤돌아보지 않았다.
뒤돌아보지 않고는 알 수 없는 것을
뒤돌아보지 않고도 알려 했다.

나는 그래서
아버지 김, 이, 박, 최의 품속으로
감자가 떨어지는 것도 모르고 있었다.
그러나 모르고 있었다고 말하는 것 또한
알고 있었다는 것.

뒤돌아봤을 때 감자가 없었다,
그런 결말은 아니길 바랐다.
그러나 더이상 나를 지켜보는 감자가 없을 때조차
나를 지켜보는
한 무더기의 감자가 있었다.

아버지 김, 이, 박, 최가 내 앞에 서서,
감자를 눈앞에 들이밀 때도
아버지 김, 이, 박, 최는 내 뒤통수를 바라보며
감자 한 알씩을 품에 넣고 있었다.

아버지 김, 이, 박, 최가
한꺼번에 내 머리통을 부여잡고 물었다.
"내 감자 어쨌어?"
"내 감자는 어디로 갔지?"
"Where's my potato?"
침묵.

나도 그것이 정말로 궁금했다.
뒤돌아보지 않고도
뒤돌아보기 전에도
실은 그 자리에 감자가 없었다는 걸

—　나는 알고 있었다고
　　　변명하고 싶었다.

　　　뒤를 돌아봤을 때
　　　아버지 김, 이, 박, 최는 온데간데없었고
　　　감자 한 무더기만 덩그러니.
　　　저 많은 감자를 어떡하면 좋을까.
　　　그것도 나 혼자,
　　　나 혼자서.

　—

오렌지의 꿈

　조이와 하조와 나는 오렌지의 꿈속에 들어와 있었다 오렌
지의 꿈속에서는 오렌지가 주인공이었다 반쯤 찌그러진 오
렌지와 껍질이 다 벗겨진 오렌지와 한 조각만 덩그러니 남
은 오렌지가 서로를 감각하고 있었고 조이와 하조와 나는
그 사이에 사물로 배치되어 있었다 마치 조이와 하조와 나
의 꿈속에서 오렌지들이 사물로 배치되듯이

　오렌지의 꿈 밖으로 나가는 일은 요원했다 조이와 하조와
나는 오렌지가 꿈을 꿀 리 없으나 어쩌다보니 우리가 오렌
지의 꿈속으로 들어오게 되었고, 혹은 처음 이 세상에 발을
디딜 때부터 그 세상이란 오렌지의 꿈속이었고, 꿈을 꿀 리
없는 오렌지의 꿈속이기 때문에 늘 꿈을 꾸는 조이나 하조
나 나의 꿈속으로부터 도망치는 일보다 오렌지의 꿈속으로
부터 도망치는 일이 더 어렵다는 식의 이야기를 나누었다

　한 조각만 덩그러니 남은 오렌지는 추위에 떨고 있었는데
우리는 우리의 의지대로 그 오렌지 곁에 갈 수가 없었다 우
리의 의지란 사실상 오렌지의 무의식이었으므로, 앞서 나눈
이야기 또한 오렌지의 무의식 속에서 벌어진 것이었다 그러
니까 오렌지는 자신의 무의식을 통해, 이 세 사람으로 하여
금 자신의 꿈 밖으로 빠져나가기 어렵다는 식의 대화를 하
게 하고, 옹기종기 모여 서서 추위에 떨고 있는 한 조각 오
렌지를 가만히 지켜보게만 했던 것이다 어쨌거나 한 조각

의 오렌지는 떨고 있었고 그 또한 오렌지의 무의식이 만들
어낸 이미지였으며 한 조각의 오렌지가 느끼는 추위를, 껍
질이 다 벗겨진 오렌지나 반쯤 찌그러진 오렌지나 조이, 하
조, 혹은 내가 느끼지 못하는 것 또한 오렌지의 무의식이 만
들어낸 기상(氣象)이었다

　　우리는 영영 오렌지의 무의식이 흘러가는 대로만 움직이
고 말하게 되는 것은 아닐까 영영 이 꿈속을 탈출하지 못하
는 것은 아닐까 두려워했는데 그런 두려움 또한 오렌지의
무의식이 생성하는 감정에 지나지 않았다 그럼 이 꿈속에서
오렌지의 무의식이 아닌, 조이와 하조와 나의 독자적인 자
아란 무엇인가, 하는 질문을 조이는 던졌는데 그 또한 오렌
지의 무의식이 가지는 의문, 무의식을 빠져나가는 무의식이
과연 있을 수 있을까, 하는 의문에 지나지 않았다

　　조이와 하조와 나는 오렌지의 꿈속에서, 얼결에 손에 쥐
게 된 오렌지를 까먹고 있었다 조이와 하조와 내가 오렌지
의 꿈속을 빠져나가는 일보다, 우리의 손에 들린 이 오렌지
가, 우리가 입에 넣고 우물우물 씹어대는 이 오렌지 조각들
이, 사방에 널브러진 이 오렌지 껍질 조각들이 오렌지의 꿈
속을 빠져나가는 일이 더 쉬워 보이기까지 했다

　　마지막 한 조각의 오렌지까지 다 먹고 나자 잠이 몰려왔

다 조이도, 하조도, 나도 오렌지가 나뒹구는 초록 들판 위
에 누워 몰려오는 잠을 몰려오는 그대로 받아들이고 있었
다 이 받아들임 또한 오렌지의 무의식이 피워낸 것이겠지
만 잠을 받아들이는 이 나태함, 나른함만이 오렌지의 무의
식에서 단 몇 밀리라도 떨어진 채 피어나는, 조이와 하조와
나에게서 독자적으로 피어나 간신히 틈을 벌리는 의식은 아
닐까, 하고 오렌지의 무의식이 시키는 것과 같은 그런 생각
을 하면서

　우리는 서서히 잠에 들고 있었다

코끼리의 생각

어느 밤에 문득 나는 코끼리가 되어 어두운 아파트 사이
를 걸어다니고 있었는데
코끼리의 발걸음, 코끼리가 코를 움직이는 방식, 코끼리
가 몸을 지탱하는 방법 등에 대해서는
어둠 속에서도 이해할 수 있었지만
도무지 코끼리의 생각이란 것에 대해서는 이해할 수가 없
었다

다음날 아침 잠에서 깬 나는
밝은 빛 아래에서
코를 높이 뻗은 채
아파트 사이를 걸어다니는
코끼리를 유심히 관찰했다

나는 코끼리의 모습을 스케치북 위에 옮겨놓았다가
그것을 한동안 들여다봤다가
이내 빨간 펜을 들어 X표를 크게 치고는
뒤로 넘겨버렸다

코끼리를 그려넣고 X표를 치는 작업을 몇 번이고 반복하
는 동안
스케치북이 계속 계속 넘어가는 동안
나는 코끼리의 모습이란 X표와 같은 것은 아닐까

생각하게도 되었지만

또 어떤 밤에는 코끼리가 되어 아파트 화단을 마구 짓밟
아놓기도 했는데
그렇게 한 것은 내 의지였지만
내 의지와 상관없이 코끼리의 생각은 코끼리의 생각대로
흘러가는 듯했다

그리고 다음날 아침 나는 다시 인간으로 깨어
밝은 빛 아래, 높이 뻗은 아파트와 아파트 사이에
고요하게 자리잡고 있는 X표를 내려다보게 된 것인데
그것이 코끼리의 입장을 대변해준다거나
코끼리의 진짜 모습 같은 것을 보여준다고는
도무지 생각이 들지 않았다

또 어떤 밤에는
X표가 되어 꼼짝없이 밤바람을 맞고 있어야 했는데
나 자신이 코끼리가 되었다고는
내가 마침내 코끼리의 생각을 이해하게 되었다고는
말할 수가 없었다

푸른 돌멩이

내가 신의 무릎을 꿰매고 있을 때 신이 나를 굽어보며 말했다

"어째서 네가 내 무릎을 꿰맬 수 있는 것이냐?"

나는 대답 대신 푸른 돌멩이를 내보였다
푸른 돌멩이는 아주 푸르렀다
그토록 푸른 것이 없어서
신에게 보여주기 적당했다

"누가 네게 신의 무릎을 꿰매는 법에 대해 알려줬느냐?"

"선생님들의 선생님이자 언제나 선생님으로만 나타나는
자입니다"

신이 혀를 내밀어 푸른 돌멩이를 내보였다

"그 작업은 언제쯤 끝나겠느냐?"

푸른 돌멩이는
너무나 푸르러서
쳐다볼수록 맑게 푸르러졌다

나는 손바닥 위의 푸른 돌멩이를
신에게 들이밀었다

"보십시오 이것이 저의 대답이자 당신의 대답입니다 당신
이 예상한 때에 당신의 무릎은 제 손에서 벗어나 걸음을 도
울 것입니다 그러나 당신의 예상에 따르면, 이 작업은 영영
끝나지 않을 것입니다"

나는 푸른 돌멩이를 꼭 쥐고 있었다
이 물체는 무엇을 피워낼까
그러나 푸른 돌멩이는 그 푸름 때문에
무엇도 피어나게 할 수 없었다
그와 동시에
무엇이든 피어나는 푸른 돌멩이의 내부를
나는 들여다볼 수 있었다

나는 푸른 돌멩이를 가만히 들여다봤다
그 속에서 작은 물고기들이 헤엄을 치고 있었다
물고기들은 너무 작아서 잘 보이지 않았다
과연 푸른 돌멩이 속에 있을 만한 것들이었다

"네가 믿는 것은 무엇이냐? 왜 너의 작업이 끝나지 않을
거라 생각하느냐?"

"그것은 저의 생각이 아니라 당신의 예견이며 당신의 예
견보다는 푸른 돌멩이의 형상에 가깝습니다"

나는 푸른 돌멩이가 손바닥에서 튀어오르는 것을 봤다
푸른 돌멩이는 푸르렀고
그것은 가라앉았다가
다시 튀어오르고 있었다

푸른 돌멩이가 가지는 상징성
푸른 돌멩이는 푸르다는 것
푸른 돌멩이는 돌멩이라는 것

나는 또 열심히 무릎을 꿰맸다
꿰매면 꿰맬수록
신이 누구인지
무릎은 누구의 것인지
기억할 수 없게 되었다

나는 푸른 돌멩이 속에서
들소들이 피어나는 것을 봤다
들소들은 물속에서 천천히 달리고 있었다
물속에서 들소들은 죽지 않고 달렸다

"푸른 돌멩이가 저를 끌고 자꾸만 어디론가 가려고 합니
다"

나는 푸른 돌멩이가 또다시 튀어올라
누구의 것도 아닌 하늘을
자세히 비춰주길 바랐다

푸른 돌멩이가 푸른 것에는
별다른 이유가 없었다
그것은 푸르기 때문에 푸르렀고
푸르다는 점에서 완벽히 푸른
돌멩이였다

나는 푸른 돌멩이가 내 손바닥을 벗어나
천천히 위로 올라가는 것을 봤다

푸른 돌멩이가 내는 푸르른 빛 속으로
한 청년이 걸어들어오고 있었다
나는 더이상 신의 질문이 쏟아지지 않는
고요한 빛 속에 있었다

청년은 공중을 유영하는 푸른 돌멩이를 낚아채

바닥에 내팽개치며 말했다

"이런 쓰잘데기없는 것을 갖고 무얼 하겠단 말이오"

푸른 돌멩이는 오직 푸르렀기에
쓰잘데기없을 수도 있었다

나는 푸른 돌멩이가 바닥을 치고 튀어올라
다시금 하늘로 하늘로
올라가는 것을 지켜보고 있었다

셔츠

셔츠 입고 집을 나선다 잘 다려진 셔츠다 내가 다렸다 막 다리고 난 뒤에 입었을 때는 옷이 조금 뜨거웠는데 어느새 이 반팔 셔츠는 나를 아주 시원하게 만든다 바람이 부는 곳으로 나는 이끌린다 사방에서 바람이 불어올 때 나는 열십자로 서서 바람을 맞는다 나는 가만히 서 있는데 셔츠가 바람에 펄럭인다 셔츠는 나의 바깥이다 나의 바깥이 나를 시원하게 하고 내가 다린 것이 다려짐으로부터 벗어나 소리 없는 펄럭임으로 승화한다 펄럭이는 나의 바깥, 그리고 나는 가만히 있음으로 펄럭인다

술래잡기

우리 동네에는 개 한 마리가 있다 모두가 그 개를 '릴리'라 부른다 누가 처음 릴리를 릴리라 불렀는지 아무도 모른다 내가 아는 어떤 노인은 말했다 "내가 유리창을 보고 있을 때 릴리도 옆에서 유리창을 보고 있었네. 그때부터 릴리를 릴리라 불러야 한다는 사실을 깨달았지."

릴리는 어느 날부터 비실비실 앓기 시작했다 릴리가 앓는 이유에 대해, 내가 아는 어떤 아이는 말했다 "제가 릴리에게 공을 줬어요." 나는, "개한테 공을 준다고 앓는 건 아니야"라고 답했다 그러나 아이는 계속, "제가 릴리에게 공을 줬어요. 공을 준 사람이 바로 저란 말이에요. 제가 공을 주지 않았다면, 그랬다면……"

나는 어느 무더운 날 릴리가 햇빛 아래서 죽어가는 걸 지켜봤다 내가 아는 어떤 청년은 그 광경을 보고 말했다 "내 저럴 줄 알았어 며칠 전부터 비실비실대더니, 근데 저 개 이름이 뭐였지?" "릴리요." "아 그렇지, 릴리, 릴리, 내 저럴 줄 알았어, 근데 저 개 이름이 뭐라고?" 나는 답하지 않았다 청년은 "그럴 줄 알았어, 그럴 줄 알았어", 계속해서 뇌까렸다 릴리는 햇빛 아래 축 늘어진 채로 죽어가고 있었다

나는 언제부턴가 죽은 개의 이름을 아무도 기억하지 못한다는 걸 깨달았다 그러니까, 그 개 말이다 언제부턴가 비실

비실 앓다가 햇빛 아래서 천천히 스러져간 그 개 말이다 지
금 내 옆을 지나쳐간 개와는 분명 다른 개였는데, 이 개의 이
름은 릴리인데, 그 개는 이름이 뭐였을까 죽은 개의 이름을
아무도 모른다, 지금 내 옆을 지나간 개의 이름은 릴리인데

활자기피증

배송된 책을 받고 설레는 마음도 잠깐, 대체 저 많은 책을 언제 다 읽지? 읽지 않아도 머리에 때려박아주는 그런 기계 있었으면 좋겠어 나는 활자기피증 시인, 증세가 심해질 땐 간판에 적힌 서너 개 정도의 단어에 신물이 나 그런 사람이 여태 자기 시들은 어떻게 읽어왔는지 모르겠다면, 나는 퇴고도 거의 하지 않는 활자기피증 시인 그리고 그것을 쓸 때조차 이미 쓰인 문장은 다시 읽어볼 생각을 하지 않지

그런 사람이 오늘은 한 사진가를 만나러 가 그는 흑백사진만 찍는 사진가, 그게 무슨 컬러사진에 대한 반항이라거나 흑백사진에 대한 옹호/선호인 게 아니라 그냥 흑백사진밖에 찍을 줄 모르는 거 이 짜증나는 활자기피증 같은 것, 그런 증세 그도 갖고 있거든 그가 찍은 흑백사진 몇 장은 가끔 대가들의 컬러사진보다 큰 입체감을 안겨다주지 물론 나머지 수천 개 사진은 보잘것없고 유치할 뿐!

한번은 그 친구한테 말했어 "야, 너 그 사진 밑에 이름을 새겨넣는 그 짓 좀 그만둘 수 없어?" 이해가 되지 않았어 기껏 이미지를 감당하라고 찍은 사진 위에다가 몇 글자 적어넣는다는 게, 대체 나를 괴롭히기라도 하려는 건지!

알다시피 시인들은 그런 짓을 잘 하지 않아 자기가 쓴 작품 아래에다 자기 초상화를 그려넣는다든가 하는 따위의

짓! 기껏 책 앞표지에나 그런 작업을 허용할 뿐이지 시편 하나하나 그런 짓을 하는 건 꼴사납거든,

  그래 한번은 그런 시도를 하려고 했어 각 시편 끝부분에 음성 파일을 넣어서 오직 내 이름으로 된 음악이 연주되도록 하는, 시 제목 아래에다 오른쪽 정렬로 이름을 새겨넣은 적은 없느냐고? 그런 건 편집자들이나 하는 짓이야! 나는 직접 그렇게 한 적이 없어 이름을 넣을 새가 어딨어? 시를 쓰고 나면 곧장 창을 닫아버리는 활자기피증 시인인걸

  어쨌든 그 사진가 친구가 한번은 내 시를 읽고 아주 재밌다고 칭찬해줬어 솔직히 말하자면…… 내겐 그 칭찬이 어떤 문학 교수, 거장 시인에게 들었던 칭찬보다 더 값졌어…… 그 양반들 고리타분한 관념! 만날 때마다 나한테 이런저런 책들이나 추천! 내가 활자기피증이란 걸 아는지 모르는지 내가 그 책들을 다 읽을 수나 있다고 생각하는지 씨발 하여튼 간에 활자중독 늙은이들!

  근데 좀 어이가 없는 건 그 사진가 녀석 말인데, 가족사진을 찍을 때조차 흑백으로 찍었다지 뭐야? 나조차, 가끔 친구나 가족이 책을 추천해달라고 하면, 활자중독 늙은이들이 줄줄이 읊어대던 책 중에 한 권을 추천해주기도 했는데? 그 녀석은 참 지독한 녀석이다 싶었지 자기 여권 사진이나 운

— 전면허증 사진도 흑백으로 해야 한다고 바락바락 우기는 바
람에 담당 직원들 애먹게 했던 일이라든가

  아무리 활자기피증이라지만 난 제목 정도는 읽을 줄 알
아 그 녀석만큼 심하지는 않다고, 대체 내가 어떻게 시인
을 하면서 살아왔겠어? 거기 당신, 처음부터 그걸 의심한
거 아냐?

  ?
  ??

  여기에 무슨 가치, 혁신, 언어적 실험, 그딴 거 없지 그럴
수가 없거든 별 볼 일 없거든 나는 전혀 퇴고를 하지 않는
활자기피증 시인! 동어반복 중언부언 활자중독 늙은이들이
라면 꼴도 보기 싫어할 그런 문장들이 내 특기!

  내가 못하는 거?
  불필요한 부사와 접속사를 지우기,
  혹은 조사를 정확하게 표기하기,
  쉼표와 마침표를 올바른 곳에 '적당히' 찍기

  전략을 다 말해주니 재미가 없다 뭐 그런 말을 할 거면, 그
래 그게 맞아 당신 말이 다 맞아 그런데 뭐?

—

지금 거기에 있는 바로 당신이라면 말야,

도대체 이런 병증으로 어떻게 시쓰기를 시작하려고 마음 먹었는지 그런 게 궁금하지 않겠어? 어항에서 벗어나는 물고기가 아니라 어항에게서 벗어나는 어항, 물고기에게서 벗어나는 물고기,

무슨 말인지 모르겠다고?

그럼 당신, 조사를 다 욱여넣는 타입인가? 여기 쓰인 문장들이 거슬리는가? 어디 쑤셔넣을 수 있으면 그렇게 해봐 그러다 당신, 반쯤 활자기피증에 걸릴지도 모르겠지만!

오이와 나

오이를 사러 교회에 갔다 교회에선 오이를 비싸게 팔았다 오이를 사지 않고 나가려 했지만 목사가 날 붙잡았다 이것은 주님이 드시던 오이입니다 남이 먹던 것을 왜 팔겠다고 내놓은 건지 이해할 수 없었다 목사의 말을 들으며, 나는 매끈하던 오이의 윗부분에 이빨 자국이 돋아나는 것을 봤다

우체국에서도 오이를 살 수 없었다 소파 위에서 오이들이 새까맣게 으스러져 있었다 부식되는 것처럼, 분해되는 것처럼도 보였지만 당장엔 그저 까만 오이들이었다 그 오이들을 사가셔도 괜찮습니다 안내원의 목소리가 청아하면서 단호했다 나는 고개를 저었다 그 오이들을 사가셔도 괜찮습니다 다른 안내원이 나와서 말했다 나는 우체국을 나올 때까지 총 삼십칠 명의 안내원이 거의 비슷한 톤으로 그 오이들을 사가셔도 괜찮습니다, 라고 말하는 것을 들어야 했다

내 집 앞마당에서 오이를 구워먹는 사람들이 보였다 왜 허락도 없이 남의 집 마당에서 오이를 구워먹고 있나요 그들은 인상을 찌푸린 채 오이를 있는 힘껏 썹어 먹고 있었다 오이는 숯불 위에서 달궈지면서도 청색을 잃지 않고 있었다 나는 같은 질문을 반복했다 아무도 대답하지 않았다 오이를 썹는 소리가 점점 크게 들려왔다 잠깐 눈을 깜빡였을 때 마당에는 아무도 없었다 오이를 썹는 소리만 마당을 가득 채우고 있었다

미술관에 가니 새하얀 벽에 몇몇 개의 오이들이 걸려 있었다 관람객은 없었고 전시장 입구에 앉은 큐레이터 한 명이 나를 감시하고 있었다 그는 내가 오이에 손을 갖다대려고 할 때마다, 눈으로만 감상해주세요! 하고 말했다 나는 오이들을 떼어내어 비닐봉투에 하나씩 넣었다 가득찬 봉투를 들고 전시장을 빠져나올 때까지, 눈으로만 감상해주세요! 하고 큐레이터가 말했다

나는 오이를 그리면서 그림 속의 오이가 자꾸 사라지는 것을 경험했다 내가 흑백으로 그린 오이들이, 은행에서 알록달록한 빛깔을 한 채 팔려나가고 있었다 나는 은행 직원이 되었고 창구에 앉아 그것들을 팔기 시작했다 매일 나와는 전혀 다른 얼굴을 한 사람들이 오이를 사러 왔다 빨간 오이를 사가는 사람도, 보라색 오이를 사가는 사람도 있었다 나는 매일 외쳤다

싱싱한 오이 사세요! 싱싱한 오이 사세요!

아파트

아파트와 아파트와 아파트 그리고 무수한 아파트 나는 이러한 광경 속으로 물소 한 마리가 걸어들어가는 것을 봤다 무수한 아파트 사이에서 유유자적 걷고 있는 물소를 아이들은 신기한 듯 쳐다봤다 그러나 아이들은 금방금방 집으로 돌아가버렸고 어느새 사방이 컴컴해졌고 오직 가로등 불빛에 의존해서 물소가 걷던 밤 나는 그 밤 무수한 아파트 바깥에 서서 물소의 발소리를 들었다 물소의 발소리는 참 컸는데 아무도 그 소리에 잠 깨지 않았다 새벽이 다 지나도록 물소의 발소리가 울렸으나 창밖으로 고개 내미는 사람이 없었다 나는 아파트 바깥에 서서 물소의 발소리를 들으며 그 모든 광경을 유추해낼 수 있었다 아니 그 광경은 물소의 발소리와 함께 내 눈앞에서 생생히 펼쳐지고 있었다

다음날 나는 무수한 아파트 사이로 걸어들어갔는데 물소는 온데간데없었고 생쥐들이 열댓 마리쯤 모여 있었다 생쥐들이 나를 빤히 쳐다봤는데 아주 위협적이었다 그러나 생쥐들은 나를 위협할 생각이 없는 듯했다 생쥐들은 이내 어디론가 몰려갔다 나는 생쥐들의 뒤를 쫓지 않고 그저 무수한 아파트 사이, 더 깊숙한 곳으로 걷고 또 걸었다 물소를 마주하게 되리란 기대는 하지 않았다

그러니까 그것이 일 년 전의 일이다 나는 왜 물소가 우리집 거실을 차지하고 있는지 모르겠다 나는 물소를 쳐다본다

물소는 걷고 있다 거실을 빙빙 돌면서 걷고 있다 남편이 나
와서 묻는다 뭘 그렇게 멍하니 서 있느냐고, 이제 그만 저
것을 치워야 하지 않겠냐고, 나는 고개를 끄덕이면서도 가
만히 물소를 쳐다보기만 한다 물소는 계속 돌고 있다 나는
물소가 돌고 돌아 회오리 되어 사라지길 원하지만 그런 일
은 일어나지 않는다 물소는 돌고 돌아 자꾸 이 거실을 혼란
스럽게 할 뿐이다

미싱

　내가 마침내 목적지에 다다랐을 때 거기에는 파란 풀들이 자리하고 있었다 빼곡히 펼쳐진 풀밭 위에서 미싱 한 대가 저 혼자 돌아가고 있었다 탈탈탈탈, 탈탈탈탈, 하고 미싱 소리가 들렸다 나도 이빨을 부딪쳐가며 탈탈탈탈, 답할 수밖에 없었다 쨍한 여름날이었고 빼곡한 풀들 사이에서 풀벌레 한 마리 울지 않았다 나는 미싱 돌아가는 소리를 내고 있었고 미싱은, 사람의 이빨이 부딪치는 소리를 따라 하고 있었다 탈탈탈탈, 탈탈탈탈, 탈탈탈탈, 탈탈탈탈

　나는 무더위에 정신을 잃고 그만 쓰러졌는데 일어나보니 미싱의 꿈속이었다 미싱의 꿈속에서는 서너 대의 미싱이 각기 다른 리듬으로 탈탈탈탈, 탈-탈탈탈, 탈탈-탈-탈, 탈-탈-탈-탈, 소리를 주고받고 있었다 빼곡하게 늘어선 풀들 사이에서 나 또한 탈탈-탈탈, 미싱의 음성으로, 미싱의 마음으로, 이 미싱과 저 미싱의 싸움을, 파란 미싱과 노란 미싱과 하얀 미싱 등등에서 방언처럼 쏟아져내리는 소리들을 막아서고 있을 수밖에 없었다 그리고 파란 미싱과 하얀 미싱과 노란 미싱 등등은 뙤약볕 아래에서 뜨겁게 달궈지다가 끝내는 정신을 잃고 풀썩, 넘어가고 말았다

　내가 비몽사몽간에 풀밭 위에서 눈을 떴을 때, 나를 꼭 닮은 사람 한 명이 풀밭 위에 쓰러진 단 한 대의 미싱을 일으켜세우고 있었다 자기 몸집보다 세 배는 큰 미싱을, 온 힘

036

을 다해 밀어내고 있었다 나는 여전히 드러누운 채로 탈탈
탈—탈, 미싱의 안녕을 기원하고 있었다 온 힘을 다하는 그
사람 뒤에서, 탈탈—탈탈, 온 힘을 다해 응원의 한마디를 소
리치고 있었다

물고기 풍경

고민 속에서
물고기 한 마리 튀어오른다
수면 위에서 이뤄지는
물고기의 일시적 비행

나는 고민의 수면이
얼마나 광활한 것인지 안다
그것은 고민의 수면이
얼마나 광활한지 모른다는 말과도 같다

그 광활한 수면 위로
물고기 한 마리 튀어오른다

고민 속에서
물고기가 튀어오르는 감각을
온몸으로 느낄 수 있다

소리로 판단컨대
필시 날쌔고 거대한 물고기일 것이다

물고기가 물살을
헤치고 나오는 소리
물고기가 잠시 공중을

비행하는 소리
물고기가 다시 물속으로
파고드는 소리

그런 소리들이
고민 속 물고기를
형상으로 이끈다

물고기는 보이지 않기에
오히려 고민 속에서 선명하게
드러나고 있다

물고기는 다시금 수면 위로 튀어오르고
나는 그것이 내 고민을 통제하고자 하는
내 의지 때문임을 알고 있다

그러나 동시에
고민이 고민대로 흘러가고
물고기가 제멋대로
물 밖으로 튀어오르는 것은
내 의지와 무관한 일임을
나는 알고 있다

꿈속의 돌

불을 발하는 돌이 하나 있는데 모두가 그것을 아무렇지
않게 만진다
나는 가까이 다가서기도 무섭다

사람들 중 하나가 내게 손짓하며
부드러운 목소리로 말한다
"이것 좀 만져보세요"

나는 손사래를 친다
이것 좀 만져보세요,
이것 좀 만져보세요,
사람들이 말한다

나는 그 돌이 내 입속으로 던져지는 장면을 지켜보다가
식은땀을 흘리며 꿈에서 깨어난다

불을 발하는 돌이 수족관 속에 있다
수족관 속에서는
내가 기르는 물개들이
그 돌을 서로의 입에서
입으로
옮기는 놀이를 하고 있다

나는 물개들을 쳐다보면서 뱃속이 점점 뜨거워지는 것을
느낀다
뱃속이
참을 수 없이 뜨거워진다
물개들이 천천히
서로의 입에서 입으로
불을 발하는 돌을 옮기고 있다
물개들의 동작이 점점 느려진다

꿈에서 깨어나면 나는 식은땀을 흘리며 뿌연 안개 속에
있다
뿌연 안개 속에선 무엇도 제대로 보이지 않는다
오직 불을 발하는 돌만이
선명하게 모습을 드러내고 있다
손을 뻗치면
멀어진다
나는 조심스럽게 한 발짝씩 옮긴다

두려운 것은 이 안개 때문이다
나는 되뇐다
이 안개는 나를 두렵게 한다

나는 정신없이 돌을 향해 걷다가, 꿈에서 깨어난다

옆에서 누군가 나의 땀을 닦아준다
"여기, 당신이 부탁한 돌이에요"
나는 그런 돌을 부탁한 적이 없노라고,
"아니에요, 분명 당신이 부탁한 돌이에요 당신의 부탁으
로 이 돌을 갖고 여기까지 왔잖아요"
나는 고개를 가로젓고,
"아니에요, 아니에요, 당신이 아주 단호하게 부탁한 그
돌이에요"

나는 힘없는 목소리로, 제발 나가달라고, 방이 너무 밝으
니 나갈 때 불을 꺼달라고, 그는 그 말을 듣지 않고 계속해
서, 당신이 부탁한 돌이에요, 당신이 부탁했잖아요
나는 고개를 젓다가 꿈에서 깨어난다

눈앞에는 나를 꼭 닮은 기계 한 대가 서 있다
기계가 눈을 깜빡이면
나도 눈을 깜빡인다
내가 손을 뻗으면
기계도 손을 뻗는다
맞잡은 손 안에서 작은 돌 하나가 불을 발한다
그것은 몹시 뜨겁다

나는 꿈에서 깨어난다
자꾸만 꿈에서 깨어난다
꿈에서 또 깨어나
한 마리 소가 되어
불을 발하는 돌을 천천히 씹는다
마치 풀을 대하듯
그것을 되새김질한다
뜨거운 불덩이
위장 깊숙한 곳까지 내려갔다가
다시금 입안으로 치고 올라오는,

나는 꿈에서 깨지도 않고 내 속을 자꾸만 훑는 한 덩이의
돌을 감당하고 있다

프레스

프레스, 버튼을 누르자 컨베이어 벨트 위로 토마토가 떨어진다 토마토는 움직이지 않고 컨베이어 벨트가 돌아간다 토마토가 지나갔던 구간을 토마토가 지나간다 움직이지 않는 토마토가 있고 컨베이어 벨트가 돌아간다 토마토가 지나갔던 구간을 토마토가 지나가고 토마토가 지나갔던 구간을 토마토가 지나간다

프레스,
프레스,
물소 두 마리
컨베이어 벨트 위로
떨어진다
물소들 제자리걸음을 한다

이 버튼은 새것이다 공장 앞 문방구에서도, 문방구 옆 빵집에서도, 빵집 뒤편 정육점에서도 팔리는 새 버튼이다 정육점에서 팔리는 새 버튼, 나는 그것을 하나 사서 프레스, 코뿔소 한 마리 컨베이어 벨트 위로, 프레스, 프레스, 프레스, 프레스, 고슴도치 네 마리 컨베이어 벨트 위로

프레스,
프레스,
컨베이어 벨트 위로 앵무새가 날고

까마귀가 난다

  앵무새 날던 곳에서 까마귀 난다 까마귀 날던 곳에서 물
소들 제자리걸음, 프레스, 소나무 지나간 곳에, 프레스, 대
나무 떨어지고, 프레스, 대나무 지나간 곳에, 프레스, 날개
를 펄럭이는 까마귀

  프레스, 프레스
  내 영혼 두 개가 컨베이어 벨트 위로 떨어진다
  컨베이어 벨트가 돌아간다
  내 영혼들 제자리걸음을 한다

물장구

어느 날은 철철 흐르는 강 앞에 있었다 어느 날은 그 강이 내 다리 사이로 흐르도록 내버려뒀고 어느 날은 하얀 뱀 한 마리가 내 발밑을 지나가고 있었다 어느 날은 깜깜한 방안에서 침대 위의 내가 몸을 뒤척이고 있었다

물장구치는 한 무리의 아이들이 있었다 서로에게서 공을 빼앗고 서로에게로 공을 던지고 한참 물속을 뒹굴거리다가 해가 다 지고서야 물 밖으로 빠져나온 아이들은 키가 한 뼘 더 자라 있었다 나는 내 키보다 큰 아이들의 그림자 속에 있었다 나는 난쟁이 유령이었고 유령을 볼 수 있다는 아이들에게조차 모습을 드러내지 못할 만큼 키가 작았다 사위가 어둑해지고 강물 흘러가는 소리만 철철 들릴 때에 아이들은 각자의 집으로 돌아갔다

어느 날 나는 한 마리 뱀의 몸속으로 들어가 아이들의 발밑을 지나가고 있었다 아이들은 내가 그대로 지나가게 내버려두지 않았다 나뭇가지로 내 등을 찌르고 맨발로 내 꼬리를 밟기도 했다 나는 아이들의 발재간을 피해 강물 쪽으로, 강물 쪽으로 자꾸만 몸을 움직이고 있었다

어느 날은 강 위로 한 구의 시체가 떠내려오고 있었다 나는 희미한 난쟁이 몸을 공중에서 뒤척이면서 그것을 지켜보고 있었다 그것은 키가 아주 작아서 마치 내 시체처럼 보였

다 철철 흐르는 강물 소리가 선명하게 들려오고 있었다 사
위가 어둑한 시간이었다 굽이굽이 강물이 시체를 끌고 어디
론가 흘러가고 있었다 나는 공중에서 뒤척이고 있었고 뒤척
이는 것밖에 할 수 없었다

　다음날 다시 맑아진 강 위로 아이들이 몸을 던지고 있었
다 물장구를 치고 있었다

파도

저 개가 나를 보고 있다고 하지만 나를 보는지 어찌 아는가 요전날 밤 사온 선인장이 숨을 쉰다고야 하지만 이 얕은 감각으로 식물의 숨을 느낄 수나 있는가 그 옛날 외갓집에서 저기 쥐다! 하고 말하면 쥐가 사라지던 당혹스러움도 있다 조용한 방에 혼자 앉아 있다보면 파도 소리 들린다 그래 모든 게 그 정신없는 파도 때문이다 도로 위에도 산책길에도 심지어 거울 속에도 파도 소리가 있다 자꾸만 날아오르려 하는 파도의 움직임이 있다고, 대체 날아오름이 맞기는 한지 날아오름이 아니면 무엇인지 날아오른다, 라고 말하는 순간 파도는 다시 바다로 푹 꺼질 뿐인데 날아오름이라고 하려면 대체 무어라고 해야 하는지 그 옛날 외갓집에 기어다니던 수십 마리의 쥐를 잡으려면 대체 쥐다! 하고 외치는 것 외에 다른 도리가 있기는 한지

창밖으로 파도 소리가 들려 얼른 창을 열고 아래를 내려다보면 차 한 대 없는 도로가 보인다 하지만 창을 닫고 다시 자리로 돌아왔을 때 저 밑에서 움직이는 파도의 격정

파도가 자꾸 새가 되려 한다지만 새가 된다는 게 대체 어떻게 된다는 것인지 새가 됐다가 곰이 됐다가 그러나 새도 아니고 곰도 아닌 그런 파도의 움직임 속에서, 하루종일 내가 일렁였다가 내가 아닌 것이 일렁였다가

나도 내가 누군지 모르고
내가 아닌 것은 무엇인지 더더욱 알지 못하는
이 빌어먹을 파도 소리와도 같은
무지 속에서
어떻게 숨쉬는 선인장이 더 많이 숨쉬도록 할 것인가
선인장의 더 많은 숨과
더 적은 숨을
나는 또 어떻게 느낄 수 있을 것인가

개 짖는 소리 같기도 하고 쥐가 찍찍거리는 소리 같기도
한 파도라고야 말은 한다지만 오히려 개의 입에서, 쥐의 입
에서 파도가 흘러나오는 것은 아닌지 도대체가 비유를 쓴다
지만 무엇이 먼저인지 알 수 없는 이 수많은 파도의 철썩임
속에서, 수많다고야 하지만 파도의 수를 셀 수나 있는 것인
지 그게 아니면 대체 어떤 말로 수많은 파도의 수많음이 수
많아질 수나 있는 것인지

도저히 모르겠다고는 하지만
이걸 도저히 몰라서야 되는 일인지

그러나 나는 한 인간이 되는 것조차 이 파도 소리 앞에 가
로막혀 있는데, 어떻게 하면 새가 되고 곰이 되고 선인장이
되고 쥐가 될 수가 있는지 자꾸만 파도가 친다 무엇도 되지

― 않으려 하는, 파도는 파도조차 아닌 것으로, 자꾸만 내 앞
으로 몰아쳐온다

―

〔사이〕
김구용과의 대화록

구? 누

두? 루

무? 부

수? 우

주? 추

쿠? 투

푸? 후

어젯밤 그와 이런 대화를 나눴다.

2막

두 날의 꿈은 완전히 달랐다

배두나

나날이 달라지는 충격적 장면에 자신을 불사르기. 배우이
자 화가였던 두나는 이렇게 말했다. 충격적이지 않으면 그
건 영화가 아니에요. 충격이 없으면 그건 미술이 아니에요.
그럼 어떤 게 충격적인 건가요? 내가 묻자,

충격을 설명할 수 있다면 그건 이미 충격이 아니겠죠.

두나는 배씨다. 배씨 성을 가진 사람들 중 제일 성공했
다. 그러나 두나는 이렇게 말한다. 배씨 성을 가진 사람이
한국에 삼백 명 있다고 친다면 저만큼 실패한 사람은 세 명
도 안 돼요. 내가 아는 배두나는 당신과 다른 사람인가요?
내가 묻자,

두나는 나를 끌고 작은 동굴 안으로 들어갔다.

허리를 숙여야 지나갈 수 있는 동굴의 입구를 지나서, 허
리를 곧게 펴고 동굴 내부에 다다르자 거기에는

뭔가 있긴 있는데 어두워서 보이지가 않았다. 어렴풋한
실루엣, 보이지 않아도 느껴지는 사물의 무게, 그런 것이 있
다고 믿었는데 몇 초 사이에 그런 감각은 또 사라지기 일쑤
였다. 두나가 손전등을 켰을 때 보인 것들 그런 것들이라면
그럴 수 있겠다 싶었다. 그것은 두나와 똑 닮은 열여섯 개
의 마네킹이었다.

아니 차라리 마네킹이었다면 마음이 편했을 것이다. 그
걸…… 두나는 '두나에고 16종 세트'라 불렀다. 열여섯 가

지로 세분화된 두나에고를, 각각의 그것이 가지고 있었다. ─
무대에 나가는 건 얘네들이에요. 그림을 그리는 것도 연기
를 하는 것도 누군가와 인터뷰를 하고 예능에 나가서 억지
웃음을 짓는 것까지 다. 하지만 당신은 두나에고들의 주인
이지 않나요? 이렇게 물으면 두나는,

그럴 리가요.

두나는 자신이 원래 두나에고 중 하나였다고 했다. 그것
도 가장 최신형의. 16종의 두나에고를 만든 송강호씨는, 뱅
글뱅글 돌아가는 여러 개의 두나에고를 가진, 에고 상품계
의 혁명이라 불릴 만한, 열일곱번째 두나에고를 만들어냈
다고.

성공한 두나가 아니라 혁명적 두나에고였군요.

아니요.

처음에는 자기도 그렇게 될 줄 알았다고 했다. 다재다능
한 자신은 최고의─그러나 열일곱번째 두나에고는 채 삼 개
월을 가지 못하고 어딘지 어정쩡한 상품으로 남게 되었다.
영화감독들 입장에서는, 하나씩의 에고만을 가지고 있는 편
이 훨씬 나았다. 두나는 점점 외면받아갔다고.

떠돌이로 남게 된 열일곱번째 두나에고. 복합적이라는 점
에서 가장 인간적이지만 그래서 도리어 무대에 오르지 못하

― 는. 두나는 그런데 또 이상한 말을 했다. 자기는 열일곱번째 두나에고조차 아니라고. 그럼요? 방금 그렇게 말한 건 당신 이잖아요? 내가 묻자,

　　이제는 자신이 두나에고인지도 모르겠다고.
　　자신이 두나인지도.
　　두나라는 이름을 이렇게
　　자기 마음대로 발음해도 되는지도
　　모르겠다고
　　그러나 모른다고 해서
　　두나를 두나로
　　부르지 않을 수는 없는 노릇이다.
　　두나는 두나를 벗어나 또다른 에고로―
　　그런 방향의 결말은 아닐 것이다.

천재는 죽지 않는다

카프카가 그의 친구이자 문학적 유산 관리자인 막스 브로트에게 자신의 모든 작품을 파기해달라고 했지만, 막스 브로트는 카프카의 유언을 어기고 그의 작품들을 출간하도록 감독했다. 이는 유명한 일화다. 막스 브로트가 나치를 피해 이스라엘에서 유고를 출판했다는 사실도 대체로 알고 있을 것이다. 그러나 막스 브로트와 프란츠 카프카가 서로를 바꿔치기했다는 건 아마 아는 사람이 없을 것이다. 카프카가 결핵과 굶주림으로 죽었다고 알려진 1924년 6월 3일, 숨이 끊어진 건 오히려 막스 브로트 쪽이었다. 카프카는 살아생전 결핵을 앓은 적이 없었고 작품이 안 팔리긴 했지만 굶주리진 않았으며 나치 정권을 벗어나 자신의 작품을 출간할 상황적 여유를 늘 찾아 헤맸다. 그는 막스 브로트라는 가면을 쓰고 이스라엘로 건너간 다음 자신의 작품을 출간하기에 이르렀다.

나의 공산당 친구들

사진과 친구 B는 해파리냉채를 즐겨 먹었다 그는 자신이 공산당 출신이라고 했다 어떤 때는 아직도 공산당원이라고 했다 그러나 한국에는 공산당이 없었다 나는 그가 언제쯤이면 터무니없는 거짓말을 하지 않게 될지 궁금했다 그는 해파리냉채를 즐겨 먹는다고 했다 그래 그건 내가 봤다 그가 해파리냉채를 젓가락으로 한 움큼 집어 입안에 넣고 우둑우둑 씹어 먹는 모습을 며칠간 지켜봤다 그러나 그가 자꾸 자신이 공산당원이라고 했고 어떤 때는 공산당 출신이라고 했고 나는 그가 먹는 것이 정말 해파리냉채가 맞는지 의심이 들기 시작했다

영화과 친구 C는 B의 권유로 공산당에 들어갔다고 했다 그치만 한국에는 공산당이 없잖아? 말해주려다 말았다 C가 만들어내는 단편영화에는 인물이 거의 등장하지 않았다 화장대, 장롱, 탁자, 침대 등의 네모반듯한 가구들과 아파트, 빌라, 회사 사옥 등의 세련된 건물들만이 화면을 가득 채우곤 했다 C는 언젠가 그것들이 전부 모조품이라고 밝혔다 그것들을 모아놓은 그의 방을 직접 본 적도 있었다 그러나 그가 자신의 영화 철학이랍시고 떠벌리는 말들은 죄 허무맹랑한 소리 같았다

전기공학과 친구 F는 공산당원들은 전부 죽여버려야 한다고 말하고 다녔다 가끔 공산당원들이 도리어 자신을 죽이

러 오기도 한다고 했다 그는 팔뚝을 걷어 쭉 그어진 흉터를
보여주며 말했다 이건 영광의 상처야 그날은 정말 위험했지
그건 네가 열다섯 살일 적에 너희 아버지가 그런 것이라며?
라고 하려다 말았다 F는 B를 찍은 사진 몇 장을 보여줬다
서울시청 앞에서, 경복궁 근처에서, 종로2가에서, 홍대입구
역 5번 출구에서 B는 웃고 있거나 고개를 떨어뜨리고 있었
지만 그 모습이 흐릿했다 F는 자신의 첫번째 표적이 바로 B
라고 했다 너도 B가 공산당원이라고 믿니? 초점이 제대로
맞지도 않는 사진 몇 장을 들춰보며 F에게 물었다 그는 코
웃음만 치고 말았다

　한국화과 친구 G는 날이 더워지고서부터 매일 이상한 꿈
을 꾼다고 했다 검은 줄무늬 셔츠를 입은 공산당 반대파들
이 자꾸만 꿈속에서 자기를 찾아온다고 했다 칼을 들이대고
자신을 위협한다고 했다 걔들은 왜 그런데? 물어봤지만 자
기도 모른다고 했다 그저 자기는 싫어, 싫어, 진저리를 치다
가 꿈에서 깬다고 했다 그리고 가끔은 B가 안개 속에서 영
웅처럼 나타나 자신을 구해준다고 했다

　무용과 친구 J는 C의 영화 기법들이 전부 표절이라고 주
장했다 그건 이미 로리 닉스가 다 했던 거잖아? 그런 주제
에 수준은 한참이나 떨어지는 장면들이라니, 웃기지도 않아
나는 그가 제법 생각이 있는 친구인 줄 알았다 너도 공산당

이 있다는 걸 믿지는 않지? 에이, 공산당은 이미 사라진 지 오래잖아 한국에 공산당이 어딨어? 정말 말이 통하는 친구인 줄 알았다 그러나 그가 어느 날 내게 책 한 권을 들이밀며 자기도 공산당에 가입하기로 했다고 선언했을 때, 나는 정말 내 믿음이 옳은 것인지조차 의심이 가기 시작했다 나는 그가 웃음을 터뜨리며 전부 농담이었다고, 공산당은 무슨, 자신은 그런 허무맹랑한 소리를 하는 사람들을 끔찍하게 싫어한다고 말해주기를 바랐다 그러나 그런 일은 없었고 그의 표정은 제법 결연해 보였다

다시 B 얘기로 돌아오자면, 그는 내게도 공산당 가입을 제안한 적이 있었다 그 좋아하는 해파리냉채를 우둑우둑 씹으면서 말이다 나는 그에게 되물었다 그래서 해파리냉채가 어쨌다고? 그 이후에도 그는 나를 만날 때면 열심히 공산당에 대해 이야기했지만 내게 공산당 가입 권유를 하는 일은 두 번 다시 없었다 나는 그때 그의 제안을 받아들였으면 어땠을까, 하고 가끔 상상하곤 했다 그랬다면 도대체 그 공산당이란 게 뭔지, 한국에 아직까지 공산당이 남아 있긴 한 건지, 정말 그가 매일같이 씹고 있는 게 해파리냉채가 맞는지 전부 알 수 있었을 텐데

가끔 나는 C가 보여준 모조품들을 떠올리곤 했다 어쩌면 그가 만든 모조품 도시 속에는 정말 공산당원들이 살고 있

을 수도 있었다 나는 어느 날 눈을 뜨면 내가 그 도시 속에서
살고 있었음을 깨닫게 될지도 모른다고 생각했다

변신하지 못하는 변신 마법사

　세상에 살아남은 마지막 마법사 중 한 사람인 조셉은 변신 마법에 능했다. 지금 그가 어떤 생물로 존재하고 있는지 정확히 아는 사람은 없지만 아마 쥐나 잠자리, 벌, 이, 더 나아가서는 박테리아 등과 같이 크기가 아주 작은 생물로 변신했으리라 짐작하는 이들이 많다. 그는 언제나 사람들 앞에 나서는 것을 두려워했고 어떤 무리에서든 자신의 존재를 숨기고 싶어했다. 무리를 이루는 개체가 대다수라는 특성도 조셉이 작은 생물로 변하기를 택한 이유 중 하나였으리라. 그러나 다른 생물에게 마법을 거는 것과 자기 자신에게 마법을 거는 것은 엄연히 다른 문제였다. 이전에는 자신에게 마법을 걸어본 적이 없었고 그는 인간으로 돌아가지 못할지도 모른다는 공포를 갖고 있었다.

　조셉이 변신 마법에 대해 갖고 있는 공포는 하나 더 있었다. 자신이 변신시킨 생물이 원래의 생물적 특성에서 벗어나지 못하거나, 자꾸만 자신의 원래 무리로 돌아가려 하는 행동 양태를 보이는 것에 대한 공포였다. 단순히 사람이 된 개구리나 사자, 쥐, 지렁이 등등만이 공포스러운 것이 아니었다. 쥐가 된 사자, 지렁이가 된 고양이, 개구리가 된 멧새, 이런 것들이 변신 첫 순간에 당혹스러워하며 드러내는 동작들은 징그러움을 넘어서서 공포로까지 다가왔다. 일테면 쥐가 된 지렁이는 혼란의 틈새에서, 쥐의 것도, 지렁이의 것도 아닌 몸짓으로 바닥을 기었고 몸을 움츠리기도 했으며 바닥에 배를 바싹 붙인 채로 네 개의 발을 버둥거리기까지 했다.

스스로를 변신시키는 것에 대해 조셉이 가지는 공포는 이런 지점에서, 두 개의 겹으로 둘러싸여 있었다. 그러나 그것은 하나의 문장으로 정리될 수 있었다. 그것은 돌아가지 못함에도 자꾸만 돌아가려 하는, 미숙한 실존에 대한 공포였다.

이처럼, 어떤 사람에게 마법은 신기함의 부피를 터뜨려버리는 날카로운 공포로 다가오곤 한다. 그러나 조셉은 결국 자기 자신을 변신시키는 쪽을 택했다. 최후의 마법사 중 한 사람으로 인간세계를 살아간다는 것이 적잖이 지리멸렬했기 때문일까. 실제로 최후의 마법사 중 몇은 세계적인 서커스 무대로 팔려다니고 있었고 몇은 다수의 인간들에게 붙잡혀 실험체로 쓰였으며 간신히 발붙이고 사는 몇 또한 인간 무리에 잘 끼지 못하기는 매한가지였다.

바퀴벌레, 지렁이, 이, 박테리아, 더 나아가서는 곰팡이와 세균까지, 이 지리멸렬한 인간 무리에서 벗어나 수십억의 개체가 꿈틀거리는 흐름 속으로 들어가기. 그것이 조셉이 선택한 바였다.

레몽 끄노의 것

레몽 끄노가 말했다. 자신이 레몽 끄노임을 모두가 알고 있어서 너무 불안하다고. 그는 자신이 매고 있던 파란색 머리끈을 증거로 내보였다. 그의 방에는 앵무새가 살고 있었다. 그 앵무새조차 파란색 머리끈을 볼 때면 "레몽 끄노, 레몽 끄노"하고 말했다. 그의 방을 장식한 벽지는 누렇게 변색되어가고 있었다.

그 무렵 나는 레몽 끄노의 방에 있는 오래된 청자기들을 깨뜨리는 작업을 했다. 그 작업은 레몽 끄노의 앵무새가 요구한 것이었다.

레몽 끄노의 파란색 머리끈, 그는 안면 없는 비둘기가 그것을 물어다줬다고 했다. 비둘기는 레몽 끄노가 누구인지 모른다는 듯, 그의 발아래에 파란색 머리끈을 내려놓고 날아갔다고. 그날 밤 레몽 끄노는 어둠 속에서 그 끈을 한참 동안 들여다보고 있었다고.

레몽 끄노는 잠들기 전이면 하얀 신발을 깨끗이 닦아서 현관에 내놓곤 했다. 그는 어느 날 자신이 꾼 꿈 이야기를 들려줬다. 이름도 얼굴도 모르는 이가 그것을 신고 홀연히 사라지는 꿈이었다. 나는 어느 밤 레몽 끄노가 하얀 신발을 신고 사라지는 모습을 비몽사몽간에 봤다. 잠에서 막 깬 나는 눈을 끔벅이며 레몽 끄노의 얼굴이 어떻게 생겨먹었는지, 그

의 코는 얼마나 컸으며 그의 얼굴에는 얼마만큼의 점이 박
혀 있었는지 떠올려보려 했지만 기억나지 않았다.

나는 레몽 끄노의 자화상을 보러 갤러리 D를 찾아갔다.
거기서 그의 그림이 새까맣게 칠해져 있는 것을 발견했다.
어찌된 일이냐고 관리인에게 물어봤지만 관리인은 고개를
내저을 뿐 아무 대답이 없었다. 오른쪽 아래에, 조그맣게 쓰
인 '레몽 끄노'라는 글씨만큼은 멀쩡하게 남아 있었다. 나는
그것이 그의 필체인지 자신할 수 없었다.

레몽 끄노의 방을 다시 찾았을 때 레몽 끄노는 보이지 않
았고 깨진 청자기 조각들만이 나뒹굴고 있었다. 나는 방안
의 공기가 고요하게 차가워지는 것을 경험했다. 레몽 끄노
의 파란색 머리끈만이 너울너울 춤을 추고 있었다.

마작 치는 사내

   그러니까 그를 만난 지 닷새쯤 됐을 때, 그는 내게 마작을
친 경험에 관해 이야기해줬다 나는 마작 따위를 왜 치느냐
고 했다 마작 치는 일이 당신에게 어떤 도움을 가져다주느
냐고 마작을 치면
 마작을 치는 데 도움이 되지요
 그가 말했다

   그는 주머니 속에서 몇 개의 마작 패를 꺼내 보여줬다

   그는 또,
마작을 칠 때 어떤 소리가 들리는지 아십니까?
그런 질문을 했다

나는 모릅니다
그보다
그걸 아는 게 마작을 치는 데 어떤 도움이 되나요?

마작을 칠 때는
마작 패 부딪치는 소리가 들립니다
저는 그 소리를 아주 좋아해요
오직 마작을 칠 때만 들을 수 있는
경쾌한 종류의 소리지요

그 대답을 들은 순간 나는 문득 깨달은 것이 있었다
닷새 동안 그의 웃는 모습을 한 번도 본 적 없었다

그렇다면 마작을 칠 때는
한 번이라도 웃어본 적 있나요?

저는 지금도 웃는 얼굴인걸요
그가 답했다
보름달이 떠 있는 여름밤이었고
한창 모기가 시끄러웠다

그럼, 마작으로 평생 만져보지도 못할 돈을
만져본 적이 있나요?

모기가 시끄럽게 앵앵
거렸고

평생 만져보지도 못할 돈이라면
당연히 만져본 적 없겠지요
하고 그가 답했다

나는 그를 찌르고 싶다는 충동에 휩싸였고
그는 마치 다 알고 있었다는 듯이

—　옷을 걷어 배를 드러냈다

마작으로 잃은 것은
이제 평생 만질 일이 없을 겁니다
그러나 마작으로 얻은 더 큰 것이 있지요

나는 그게 무엇이냐고 묻지 않았고
그가 사실은 닷새 내내 웃고 있었다는 사실을
알 수 있었다

물론 보름달의 빛과 무더운 공기 속에서
내가 착각 속으로
빠져가고 있는 건지도 몰랐다

—

필립 모리스 유통회사

고쳐야겠어

필립 모리스가 말했다 필립 모리스는 필립 모리스 유통회사의 회장이었다 다시 말해 필립 모리스는 필립 모리스 유통회사를 가리키는 말이기도 했다 필립 모리스는 회사 옥상에서, 깜깜한 아래, 간신히 몇 대의 차들이 돌아다니는 저 아래를 내려다보며 이렇게 말했다

고쳐야겠어

무엇을 고치겠다는 것인지 나는 알 수 없었다 필립 모리스는 그저 손에 서류 더미를 들고, 옥상에서 아래를 내려다보며

고쳐야겠어

라고 말했다

필립 모리스는 서류 더미를 펼쳐, 빨간 펜으로 쩍쩍 자신의 이름을 긋고 있었다 동시에, 필립 모리스라는 이 회사의 이름을 쩍쩍 긋고 있었다 그러나 필립 모리스가 고쳐야겠어, 라고 말할 때 그것의 대상물이 그 이름들은 아닌 것 같았다 왜냐하면 필립 모리스는 그 이름들을 이미 쩍쩍 긋고

있었으며, '고쳐야겠어'라는 말은 미래를 향하는 말이었기 때문이다

　필립 모리스가 내려다보는 아래로 차들이 지나가고 있었고 나는 필립 모리스가 그 차들을 향해서 고쳐야겠어, 하고 말하는 것은 아닌지 의심해봤다 과연 차들은 너무 느리게 달리고 있었다 어림잡아 시속 20킬로미터 정도 되는 속도로 몇 대의 차들이 라이트를 켠 채 달리고 있었다 나는 필립 모리스에게 물었다

　저 아래의 차들을 고치려는 것이니

　그러나 필립 모리스는 필립 모리스라는 자신의 이름을 수정하면서, 필립 모리스라는 한 유통회사의 이름을 수정하면서, 아니 아니야, 그걸 고치려는 게 아니야, 하고 말했다

　그럼 무얼 고치려는 것이니

　필립 모리스는

　고쳐야겠어

　라고만 말했다

나는 그럼 내 얼굴을 고쳐주지 않겠니 1980년대 SF 영화 속에서나 봤던, 그 외계인의 얼굴들처럼 내 얼굴을 고쳐주지 않겠니, 부탁했고 필립 모리스는 내 이름을 고쳐줬는데 그가 건넨 작은 쪽지에는 '이경자'라는 이름이 적혀 있었다 그건 내가 들어본 적 없는 이름이었고 나는 그 이름이 아주 마음에 들었다 이경자, 이경자, 하며 내가 나의 새로운 이름을 불러보는 동안에도 필립 모리스는 계속해서,

고쳐야겠어
정말로
정말로
고쳐야겠어

라고 말했다

그럼 이번에는 내 목소리를 고쳐주겠니 나는 내 새된 목소리가 마음에 들지 않아, 하고 새된 목소리로 말했다 내 새된 목소리가 사옥 옥상에서 출발해, 앞 건물에 부딪혀, 메아리로 돌아오고 있었다 내 새된 목소리가 옥상의 컴컴한 바닥에, 그리고 차들이 시속 20킬로미터로 지나다니는 저 어지럽고 깊은 아래까지로, 퍼지고 있었다

그건 고칠 수 없어

그럼 너는 무얼 고칠 수 있니

우리 둘, 필립 모리스와 나 이경자는 서로의 새된 목소리
에 화답했다 필립 모리스의 목소리와 이경자의 목소리가 부
딪치며 저 앞 건물까지, 뒤편에 있는 국립 은행까지, 양옆
에서 환하게 불을 켜고 있는 복잡다단한 상가들까지, 퍼지
고 있었다

그것은 다시 메아리로 돌아왔다

고쳐야겠어
하는
필립 모리스의 목소리도

메아리 되어 돌아오고

필립 모리스는 갑자기
무언가 생각이 났다는 듯
손뼉을 짝 쳤다

나는 필립 모리스가 들고 있는 서류 더미 위로 파리 한 마

리가 내려앉는 것을 지켜보고 있었다

　파리는 잠시 앉았다 날아가버렸고 필립 모리스는 더이
상 필립 모리스 유통회사가 아니게 된 한 회사 옥상에 서서

　열댓 마리의 파리들이 날아드는 걸 지켜보고 있었다

전집들

— 김록의 『총체성』을 반쯤 읽다가 덮어두었다 진은영의 『우리는 매일매일』은 십 년째 책장에 꽂혀 있기만 했다 가끔은 진열하기 위해 책들을 샀다 아니 자주 그랬다 738쪽짜리 『이상 전집: 시』는 여덟 쪽 정도만 읽고 아무렇게나 던져두었다 탁자 위에 굴러다니는, 침대에 아무렇게나 널브러져 있는 『김수영 전집』 『김춘수 시전집』 따위의 책들 전집들은 언제나 그런 식이다 『이승훈 시전집』의 경우, 나는 그것을 자랑하기 위해 샀다 책장에 꽂혀 낡지도 않고 십수 년 침묵을 지키는 그 두꺼운 전집들 하지만 나는 그것들을 사랑했고, 사랑한다고 말했다 여기, 『김춘수 시전집』을 펼치면 눈에 들어오던 몇 구절들

너도 아니고 그도 아니고, 아무것도 아니고 아무것도 아니라는데⋯⋯
꽃인 듯 눈물인 듯 어쩌면 이야기인 듯
누가 그런 얼굴을 하고,
간다 지나간다. 환한 햇빛 속을 손을 흔들며⋯⋯
아무것도 아니고 아무것도 아니고 아무것도 아니라는데,
온통 풀냄새를 널어놓고 복사꽃을 울려놓고 복사꽃을 울려만 놓고,
환한 햇빛 속을 꽃인 듯 눈물인 듯 어쩌면 이야기인 듯
누가 그런 얼굴을 하고⋯⋯

『김춘수 시전집』을 펼치면 항상 이 시였다 눈을 감고 아무 곳이나 펼쳐도 항상 이 시였다 629쪽으로 이뤄진『김춘수 시전집』속에서 이 시는 212쪽에 있다 중간 어디쯤이라고 하기도 애매한 그 위치성

몇 달 전 나는 그 책을 어느 중고 서점에 팔아넘겼다 그 책이 어디쯤 진열되어 몇 주나 자리를 지켰을지 모르겠다 중간 어디쯤이라고 하기도 애매한 그 위치까지, 어떤 독자는 순차적으로 도달할지도 모르겠다 나는 전집을 그런 식으로 읽지는 않았다

일테면『제임스 킴 전집』도 마찬가지였다『제임스 킴 전집』에서 내가 읽었던 건 9쪽, 53쪽, 14쪽, 36쪽, 493쪽 정도였다 그 페이지들에는 공통적으로 '세차게'라는 형용사가 등장했다 이를테면 세차게 비가 내리거나 누군가 세차게 화자의 뺨을 때리거나 세차게 몰아치는 파도 앞에 서서 지난날을 회상하거나 그런 식이었다

『제임스 킴 전집』또한 중고 서점에 넘겼는데 절판된 시집이어서 꽤 비싸게 값이 매겨졌다 그 책을 팔아넘기기 직전에, 나는 처음으로 32쪽에 실린 시를 읽었는데 그 시가 아주 좋았다

나는 몇 년 동안 생업을 멀리했다.
여행하는 데, 나와 교류하는 사람들과 감정을 나누는 데 주력했다,

잠자는 데 매진했다,
하지만 기억 속에 생생하게 남아 있는 옛 시절의 장면들.
춤을 추며 터무니없는 일들을 떠올렸다,
전날 부엌 앞을 지나며 보았던
상추 잎을 떠올렸다,
가족과 관련한 수많은 멋진 일들을.
상어떼를 가로질러 물길을 열며
선박이 강으로 진입했다.
이런 사진 같은 장면들이 내 영혼을 파고들었다,
나는 선실에 갇혀 있어야 했다,
나를 먹여야 했다, 나에게 반발심이 일었다,
이런 모순이 일어난 순간부터
나는 언제든 배에서 위험한 존재였다.

나중에 찾아보니 그 시는 '니카노르 파라'라는 시인의 시
였다 이름도 들어본 적 없는 시인이었다 어째서 『제임스 킴
전집』에 실려 있었던 것일까 책을 팔아넘기고 며칠이 지나,
나는 다시 중고 서점에 들렀다 그 책은 내가 받은 돈보다 더
비싼 값에 팔리고 있었다 나는 책장들 사이에 숨어 32쪽을
펼쳤다 거기에는 전혀 다른 시가 실려 있었다 내가 한 번도
읽어본 적 없는, 그런 시였고 그 시는 아주 좋았다

강남 한 카페에서

어제는 김구용씨를 만났다 어제는 또 이승훈씨를 만났다
죽은 줄만 알았던 그들이, 죽은 줄만 알았던 앤디 워홀 씨
와 나란히 강남 한 카페에 앉아 수다를 떨고 있었다 이영주
선생이 또 그 옆에 있었다 난 이것이 죽은 예술가들의 하룻
밤 대화 현장인 줄 알았는데 거기엔 또 밀란 쿤데라와 헤르
타 뮐러가 앉아 있었다 그리고 지젝이 서빙을 하고 있었다

나는 커피를 나르는 지젝을 보다가 카페 안으로 들어가
고 싶다는 생각을 했던 것 같다 장영실 선생이 안에서 문을
열어줬다 아니 열어줄 의도는 없었던 것 같고 그저 열고 나
오려고 했던 것 같다 나를 슥 뒤돌아보는 그의 눈은 생생
히 살아 있었다 살아생전 황후로 유명했던 민자영씨가 바
로 뒤따라 나와서 담배를 꺼내 물고, 어이 장영실씨 라이터
좀 빌립시다

장영실 선생의 라이터는 지포 라이터였다 번쩍이는 모습
을 봐서는 꽤 값이 나가는 듯했다 카페 안 분위기는 몽환적
이지도, 음산스럽지도 않았으며 딱딱해 보이는 의자와 각진
식탁, 쨍하게 밝은 조명, 학구열과 활기, 그런 것들로 가득
차 있었다 넥타이를 꽉 졸라매기보다는 비교적 여유로운 정
장 차림의 외국계 중소기업, 공기업 사원들이 올 법한 곳이
었고 실제로 그런 사람들이 대부분이었는데 그 사이에서,
지젝이 커피를 나눠주고 있었다

그리고 기린이 있었다

기린은 카운터 앞을 천천히 거닐고 있었다 나는 기린의 등 위에 올라타고 싶다는 생각을 했던 것 같다 기린의 등 위에서, 앤디 워홀 씨와 이영주 선생과 장영실 선생과 민자영씨와 밀란 쿤데라와 김구용씨와 헤르타 밀러와 이승훈씨를 내려다보고 싶다는 생각을, 했던 것 같다 바깥에선

노을이 지고 있었다
노을이 지는 것을
멍하니 보는
회사원들이

있었다 노을이 지는 광경에는 소리가 없었고 노을이 지는 동안 앤디 워홀 씨도, 이승훈씨도, 김구용씨도, 헤르타 밀러도, 밀란 쿤데라도, 이영주 선생도, 장영실 선생도, 민자영씨도, 천천히 카운터 앞을 거니는 기린도, 아무 말이 없었다

나는 이것이 내 손안의 스노볼 속에서 펼쳐지는 풍경은 아닌가, 그런 생각을 했던 것 같다 아니 어제는 김구용씨를 만났고 김구용씨 옆에는 앤디 워홀 씨가 앉아 있었고 그 맞은편에 민자영씨가 앉아 있었고 어딘가 어정쩡한 위치에 이승

훈씨가 앉아 있었고 그 외에 수많은 사람들이 외국계 중소
기업 회사원의 표정을 하고 앉아 있었는데 그것이 모두 내
손안의 스노볼 속에서 벌어진 일은 아니었나, 하고 오늘에
와서야 생각을 하게 된 것이다 아니 그 사이에서 지젝은 커
피를 나눠주고 있었는데 그것만이 내가 실제로 겪은 일이
고 나머지는 전부 내 손안의 스노볼 속에서 벌어진 일은 아
니었을까, 하고 어제와 오늘에 걸쳐서 그렇게 생각을 천천
히 정리했던 것 같다

레몬과 소금

"포스터를 보고 찾아왔어요." 그 남자가 말한다. 내 이름
은 일라노이비치, 내가 지었다. 그 남자는 말한다. "일라노
이비치는 1993년에 죽었어요, 지금은 2019년이고. 일라노이
비치의 환생으로 살고 싶어요? 그럼 제가 도와드릴게요."
일라노이비치는 1993년에 죽지 않았다, 그는 2019년에도 이
렇게 멀쩡히 살아 있다. 대부분의 사람들에게는 죽은 것으
로 알려져 있던 일라노이비치가 이십 년도 더 넘게 살고 있
는 것은 그가 평소에 레몬과 소금을 즐겨 먹은 덕분이다. 레
몬과 소금이 장수의 비결입니다, 라고 내가 말하자 그 남자
가 코웃음을 친다. "일라노이비치 행세를 하고 싶다면 그 젖
살부터 빼는 게 어때요? 아홉 살도 아니고 아흔 살이나 먹
은 사람한테 아직도 젖살이 있다는 게 말이나 됩니까?" 나
는 그럴 수도 있지 않겠냐고 되묻는다. 당신 눈엔 내가 이십
대 초반으로 보이겠지만 나는 아흔셋 된 일라노이비치고 그
건 내가 지은 이름이며 역시나 젊음의 비결은 레몬과 소금
이더라 이런 시를 썼다고 아내에게 얘기해주며 이제부터 나
는 일라노이비치로 살기로 했다고, 나를 그렇게 불러주시오
했더니 아내가 돌연 레몬으로 내 뒤통수를 깬다 나는 피가
질질 흐르는 뒤통수를 부여잡고 어기적어기적 걸으며 나는
일라노이비치요 내 이름은 일라노이비치요……

궁전

A는 괄호가 자신을 지켜준다고 믿는다 S는 괄호가 언제 폭발해버릴지 모른다며 두려워한다 X는 괄호가 우리 모두를 가리고 있다고 말하며 오늘도 분홍색 티셔츠를 입는다 X야 너를 끌어안을수록 네가 투명해지는 것만 같아 Y가 말하고 Z는 이들의 말과 생각을 받아 적는다

（와) 사이를 왔다갔다 멈추고
왔다가
다시는 오지 않을 친구를 기다리며
C는 홀로그램 인간으로서
자신의 주소지를 등록한다
발밑에 없다가 다시 발밑에 있게 되는
그런 주소를

B는 종기가 돋아나는 자신의 몸을 바라보며 참 다행이라고 느낀다 B의 주치의 H는, 당신 몸의 종기를 모두 제거해야 비로소 인간답게 살 수 있을 거라며 B에게 치료를 강요한다 치료와 위안을 동음이의어라고 믿으며 오늘도 벽으로 가서 몸을 비비는 H는, 벽이 무너지고 난 다음에도 같은 자리에서 같은 행동을 반복할 것이다

괄호를 그리는 것만으로
자신의 직업적 의무를 다할 수 있다고

건축가 I는 믿는다

　I는 자기 몸의 설계 도면을 찾아낸 유일한 어른인데
　손가락 한 마디만큼의 신체를 매일매일 자르고 있다
　자르고 잘라서 마디 하나만큼의 신체만 남으면 좋겠다고
생각하면서
　이미 자를 것이 남지 않은
　자신의 신체를 알아채지 못하면서

　개와 말과 소와 꿩과 양과 쥐와 닭, 뻔한 사람이라면 여기
에 나와 너를 끼워넣겠지 시인 J는 벽면에 그런 시를 쓰고
있다 J는 곧 벽이 무너지리라는 걸 알고 있다 자기 앞에서
한 글자도 감당해내지 못했던
　수많은 벽면을 떠올리고 있다

　G는 괄호를 괄호라고 쓰지는 않고 괄호라고 부르기만 하
는 문명인들에게 반감을 가지고 있다 괄호 안에 있는 인간
이라고 읽히지 않을 이유가 없는데, 문명인들은 괄호 안을
읽지 않는 것이 그들의 문명이라고 여긴다

　K와 P는 등을 맞대고 서서
　좁혀드는 (와)를 한쪽씩 나눠 맡아
　밀어내고 있다

간격 속에서
한데 엉기고 있다

하얀 쥐들

내가 열한번째 박스를 접어 박스 더미 위에 올려놓았을 때 애인이 내게 말했다 꼭 그렇게 그것들을 다 접어야겠냐고. 나는 그것이 내 윤리적 습관이라 어쩔 수 없다고 했다 이렇게 하지 않으면 박스를 정리해놓기도 불편하고 수거해가시는 분들도 고생하지 않겠느냐고. 그러자 애인은 신경질을 내며 나를 밀쳐내곤 내가 접어놓은 박스들을 다시금 조립하기 시작했다 나는 뒤로 주춤 물러선 채 그 광경을 멍하니 지켜보기만 했다

다음날 나는 네모반듯하게 조립된 박스들 사이에서 깨어났다 애인은 여전히 자고 있었다 박스들이 마치 우리를 위협하고 있는 듯했지만 그것들에게는 아무 생각이 없으므로 그럴 리 없다고 나는 생각했다 박스들은 건조하게 자신의 모양을 내비치고 있을 뿐이었다 나는 박스 하나를 열어 내용물을 확인했다 텅 비어 있었다 나는 안도하며 다른 박스도 하나 열어봤다 역시 텅 비어 있었다 이번엔 낙담하며, 세번째로 박스를 열어봤을 때 그 속엔 쥐가 죽어 있었다

나는 애인을 흔들어 깨웠다 애인은 깨어나지 않고 몸을 뒤척이며 알 수 없는 잠꼬대를 반복했다 동전…… 십원짜리 동전…… 동전이 열 개면 이제는 건물도 세울 수 있겠어…… 너! 자꾸 그렇게 소리치면 가만두지 않을 거야…… 이제 와서 무슨, 이제 와서 무슨 땅따먹기를 한다구…… 쥐

는 눈을 뜬 채 죽어 있었고 박스 안으로 빛이 밀려들어오고 있었다 박스 안은 마치 온실처럼 보였다 나는 비어 있던 두 개의 박스 안에서 하얗게 쥐가 한 마리씩 피어나는 것을 봤다 처음엔 그것이 쥐인지 알 수 없었으나 시간이 흐를수록, 빛 속에서 그것은 점점 쥐의 형태를 갖춰갔다

한 마리씩의 쥐는 각자의 박스 속을 가열하게 뛰어다녔다 그런 와중에도 애인은 깨지 않고, 동전…… 십원짜리 동전…… 동전이 열 개면 이제는 건물도 세울 수 있겠어…… 너! 자꾸 그렇게 소리치면 가만두지 않을 거야…… 이제 와서 무슨, 이제 와서 무슨 땅따먹기를 한다구…… 이제는 정말 저 박스들을 내다버려야 할 때가 왔다는 생각이 들었다 저 박스들을 가만히 뒀다간 이 집에 대한 소유권을 주장하기 힘들어질 거야 박스 속에서 피어오르는 쥐, 그건 분명 회귀한 풍경이지만 이런 식으로 가다간 쥐들에게 기꺼이 집을 내어주게 되고 말 거야……

내가 다시금 박스를 접기 위해 그것을 들 때에 쥐는 온데 간데없었고 하얀 빛만이 박스 안을 가득 메우고 있었다 혹시라도 쥐가 피어나지 않을까 하는 내 두려움이, 하얀 빛과 함께 박스 안으로 밀려들어가고 있었다 두렵고 쨍쨍한 날씨 속에서 애인의 잠꼬대는 점차 옅어지고 있었다

내 나이가 어때서

　시인이자 대학 강사였던 박승열씨는 그의 제자 중 한 명이 밥상을 가져다주는 꿈을 꿨다. 그는 그 장면을 시로 옮겨 적었다. 그 시는 그의 책에 실려 여러 사람들의 책상 위에 올랐지만 책은 곧 절판되었다. 그후로 삼십 년이 지나고, 뒤늦게 박승열씨를 알게 된 사람들은 그 시에 대한 소문만 들었을 뿐이다. 어느덧 육십대가 된 박승열씨와 마찬가지로.

　육십대가 된 박승열씨는 삼십대 시절의 자신을 추억하며 여러 나날을 보냈지만 그 시만큼은 기억해낼 수 없었다. 한 문장, 혹은 한 단어도 떠오르지가 않았다. 그에겐 오직 그 시의 인상만이 남아 있었다. 그는 그 인상을 붙들고 여러 편의 시를 써내려갔으나 절판된 그의 책을 갖고 있는 이들이 보기에 그건 완전히 달랐다. 그는 자신의 책장에 꽂혀 있던 몇 권의 책을 폐지 수거함에 조용히 버렸던 어느 날의 변덕을 후회했다.

　도서관이나 헌책방, 혹은 책을 내준 출판사에 찾아간 적도 있었다. 보유 리스트에 그 책이 올라 있는 도서관과 헌책방이 몇 군데 있었지만 누가 훔쳐간 것인지 정작 실물이 없었다. 몇몇 곳에서 그는 자신의 책을 분실 신고했고 다른 곳들에서는 그조차 힘에 부쳤다. 출판사에서는 너무 당연하다는 듯이, 절판시킨 책은 따로 재고를 보관하지 않는다고 했다. 오히려 왜 그 책이 당신에게 없냐며 다그치기까지 했다.

상황이 거기까지 이르자, 그는 자신에게 최면을 걸기 시작했다. 이제 와서 다시 그 시를 보는 건 쓸모없는 짓이라고, 보지 않고도 다시 그런 시를 쓸 수 있어야 한다고. 그래서 박승열씨가 택한 또하나의 방법은 꿈을 옮겨 쓰는 것이었다. 그는 한번은 지난날의 꿈을 다시 꿀지도 모른다고, 그러면 두 날의 꿈이 똑같다는 사실을 깨달을지도 모른다고 생각했다. 그러나 그는 꿈을 옮겨 적는 일에 번번이 실패했다.

삼십대의 박승열씨가 썼던 시에는 꿈의 장면들이 세세하게 옮겨 적혀 있었다. 그 사실만큼은 그도 명확하게 기억했다. 그러나 육십대의 그가 꿈을 옮겨 적으려 할 때마다 꿈은 흐릿한 장면이 되어 머릿속에서 지워졌다. 그는 십 년간 실패를 거듭했다. 독자들은 그가 절필했다고 믿었다.

칠십대가 된 박승열씨는 꿈을 옮겨 적은 시 한 편을 완성하기에 이르렀다. 그즈음 출판사에서는 그의 전집을 출간할 계획을 세웠다. 곧 그의 전집이 출간되었다. 전집에는 그가 삼십대에 썼던 시도 포함되어 있었다. 새로운 독자들은 그 시를 보고 감탄을 금치 못했다. 칠십대의 박승열씨와 마찬가지로. 박승열씨는 자신이 마침내 완성한 시와 전집에 실린 그 시를 비교해봤다. 두 시는 단어, 온점, 띄어쓰기, 행갈

─ 이까지 같았다. 그러나 그는 분명하게 구분할 수 있었다. 칠
십대의 박승열씨가 쓴 시와, 삼십대의 박승열씨가 쓴 시를.
그는 알고 있었다. 두 날의 꿈은 완전히 달랐다.

─

7월 일기장

버지니아 울프는 버지니아 골드의 사촌동생이다 7월 18일, 버지니아 울프는 참새가 우는 소리를 들었다 참새는 꽤 멀리 떨어진 곳에서 울고 있는 듯했다 나는 버지니아 울프가 7월 18일에 쓴 일기를 살펴보고 있다 버지니아 골드가 일기장을 원한다 나는 버지니아 골드의 부탁으로 버지니아 울프의 집에 왔으며 여기에서는 참새 우는 소리가 제법 잘 들린다 버지니아 울프의 집에서는 니스 냄새가 난다 참새 소리와 니스 냄새 사이에는 아무런 연관성이 없으며 동시에 내 감각을 자극한다 이 니스 냄새는 어디선가 맡아본 적 있는 냄새이며 이 참새 소리는 어디서도 들어본 적 없는 소리다 나는 버지니아 울프가 7월 18일, 자기 집 가구들에 니스칠을 하던 대목을 읽고 있다 버지니아 골드는 절대로 일기를 읽지 말라고 신신당부했다 7월 18일, 어째서인지 7월 18일의 일기가 눈에 들어왔으며 나는 계속해서 그것을 읽고 있다 어림잡아 50쪽은 되어 보인다 그다음에는 7월 19일, 7월 20일, 그것들은 그리 길지 않다 이 일기장을 통틀어 한 쪽이 넘어가는 분량은 7월 18일자 일기가 유일하다 나는 버지니아 울프가 7월 18일에 니키 마코스를 만났던 대목을 읽고 있다 그는 니키 마코스를 만나 화투를 쳤다 화투를 치면서 그는 얼마간 동양적 삶에 대한 지식을 떠벌렸다 그는 화투에서 졌다 그는 화가 나 돈 한푼 내지 않고 화투판을 떠났으며 니키 마코스는 문을 박차고 나가려는 그의 뒤통수를 프라이팬으로 후려쳤다 그가 기록하기로, 당시 그의 손안에는 오십만 달러가 쥐어져 있었다고

─ 한다

　나는 7월 18일자 일기에 쓰인 것들이 단 하루 동안 벌어진
일이라고는 믿지 못하겠다 이 일기장은 '7월 일기장'인데 표
지에는 '七'이라는 한자가 새겨져 있으며 7월 1일자 일기엔
단 세 문장만 쓰여 있다

　발신인 없음. 수신인 없음. 오늘 '7월 일기장'을 완성하다.

　버지니아 골드는 내게 절대 이 일기장을 읽지 말라고 신
신당부했다 이 일기장의 모든 것은, 아마 7월 1일에 쓰인 듯
하다 7월 1일, 7월 2일 (……) 7월 18일 (……) 7월 30일까
지(7월은 31일까지 있는데 버지니아 울프는 아마 그 사실을
몰랐던 듯하다)

　이제 더이상 일기를 읽어서는 안 될 것 같다
　저멀리 니키 마코스로 추정되는 발소리가 들린다
　문 너머에서, 복도에서, 뚜벅뚜벅 발소리가…… (어느새
참새 소리는 휘발되어버렸다)
　나는 도저히 휘발되지 않는 니스 냄새를 맡으며
　꼼짝도 못하고 서 있다
　이 일기장을 불에 태워야 할까?
　아니면

─

니키 마코스가 저 문을 열고
나를 마주하길 기다려야 할까
나는 판단을 못한 채로
7월 18일 일기를 읽고 있다
도저히 끝나지 않을 것만 같은 일기다

〔사이〕
우주적 사고

* 물론 우주적 사고와 실제 우주는 아무런 관련이 없다.

3막
오류도 기원도 모르고

빛나지도, 빛을 반사하지도 않는 것

네 불꽃은 어떻게 생겼냐는
친구의 물음에
나는 내 불꽃 같은 건 없고
그저 눈앞에서 나무가 불타고 있을 뿐이라고 답한다

친구는 자신의 불꽃을 보여준다 그것은 노란색이다 빛나
는 노란색도, 빛을 반사하는 노란색도 아닌 그저 불타는 노
란색이다 나는 친구에게 어째서 네 불꽃은 노란색이냐고 묻
는다 그러면 친구는 답한다
이건 노란색이고 세상에 노란색 불꽃은 하나뿐이고, 이
건 내 불꽃이야

나는 고민이 된다 내 불꽃은 왜 없는지 왜 그저 눈앞에서
들판이, 들소가, 양들과 양떼구름이, 파랗던 하늘이 불타고
있을 뿐인지
옆집 꼬마에게도 자신만의 불꽃이 있는데

그 꼬마의 불꽃은 청록색이다 활활 타오를 때면 독수리의
형상이 나타나는,

나는 꼬마에게 묻는다
너는 몇 살 때부터 불꽃을 가지고 있었니?
내가 태어날 때부터 그게 내 옆에 있었어

자신의 불꽃을 하늘로 올려보낸 한 중년 신사가 있다는
소문을 들었다 횡단보도 앞에 서서 신호를 기다리는데 어
떤 중년 신사가 내 옆에 와서 선다 당신이 혹시 자신의 불
꽃을 하늘로 올려보냈다는 그 사람이냐고, 나는 그에게 묻
는다 그는 쓸쓸한 웃음을 보여준다 그리고 갈 곳 잃은 검
은 눈동자를
　그는 등뒤에서 자신의 불꽃을 꺼내 보인다

　내 불꽃은 여기 있어, 그의 불꽃은 빛을 집어삼키며 검게
솟아오른다 내 불꽃은 아직 하늘로 올라가지 않았어 내 불
꽃은 내가 죽고 난 뒤에도 하늘로 올라가지 않고 내 불꽃으
로 남아 있을 거야

　나는 내게 불꽃이 없다는 사실이 이상해서, 누군가에게
나만의 불꽃을 만들어달라고 할 수는 없는 걸까 그런 생각
을 한다 그러나, 자기만의 불꽃이 없는 사람이 있다는 이야
기는 못 들었다 그러니 누군가를 위해 누군가의 불꽃을 만
들어주는 사람도 없을 것이다 그런 확신이 들어

　터덜터덜 계단을 내려가고 있는데
　계단이 끝나는 저 아래편에
　여러 개의 불꽃에 둘러싸인 채

눈을 반짝이고 있는 사람이 보인다

나는 넘어질 듯 넘어질 듯
계단을 뛰어내려가서
그 사람을 붙잡는다

혹시 저만의 불꽃을 만들어줄 수 있나요?
제게는 저만의 불꽃이 없어요
그런 사람은 저뿐이에요

그는 고개를 젓는다
그는 무서운 표정을 지으며
그 모든 불꽃이 자신의 불꽃이라고
어느 것 하나 남에게 줄 수 없다고
말하며
나를 밀쳐낸다

나는 그 사람과, 그 사람이 가지고 있던 여러 개의 불꽃
이 사라져버린 그 공간에 홀로 서 있다 불꽃의 잔상이 아른
거리고 있다

직물들

누구의 손이 또 내 옷을 비집고 나오는가
물음 이전에서부터
물음을 뚫고 나오는
재봉틀의 소리

"이건 이탈리아 장인이 만든 옷이고
이건 공장에서 찍어낸 옷이에요,
그 차이를 아시겠어요?"
차이는 없다
차이가 있다면

기계와 더불어 사는 당신
기계와 더불어 살게 되는 것

저 옷들을 치워버려라
어떤 감각들이 나를 조이는 기분이 싫어
완전무결한 나로 살 거야
그러나 태어남의 순간에
나보다 먼저 내 몸에
간호사들, 의사들
내가 태어나기 전부터 거기서 숨, 아
그 숨은 또 누구의 숨

지리멸렬하게
악취를 풍기는
기원

그러나 자세를 낮추고 앉으면
오류도
기원도 모르고
땅을 구르는 모래 알갱이들 위를 구르는
어린아이

내 옷을 벗겨주어라 그러나
다시금 입게 되는
이 가벼운 직물

모래가 잔뜩 묻은 채
깔깔
오류도 기원도 모르고
깔깔
오류도 기원도 없이
깔깔

백사장 모래를 아주 가볍게 만들어주는

깔깔
깔깔깔

생각하는 계란

계란에게는 생각이 없다, 그런 생각은 누가 했는지, 나는 반숙된 계란후라이를 접시 위에 올리며 생각한다 쉽게 결론 내릴 수 있는 사안이 아니다 계란이 생각을 하지 않는다는 걸, 증명하려 했던 사람이 있는가 아니면 계란이 생각을 하지 않음을 한 번이라도 의심해봤던 사람이 있는가

이 계란은 생각하는 계란이다 말하지 않고 움직이지 않고 오직 생각만 하는 계란이다 이렇게 얘기하면 계란에 대한 일말의 공포가 생기지만 이렇게 얘기한다고 해서 계란후라이를 먹지 않을 건 또 아니다 계란도 생각을 한다는 사실이 어느 날 증명된다고 해서 양계 업계에 큰 변화가 생기진 않을 것이다

처음에는 계란이 과연 무슨 생각을 할까 궁금해하다가, 계란이 생각을 한다는 사실이 증명된 거지 계란이 무슨 생각을 하는지 들여다볼 수 있게 된 건 아니잖아 싶다가, 계란이 무슨 생각을 하든 계란은 움직이지도 말하지도 않는데 그게 대체 뭔 소용인가 싶다가, 계란이 생각을 하든 말든 계란과의 교류는 불가능하지 않은가, 하는 결론에 사람들은 도달할 것이다

또 의문이 들 만한 지점은…… 계란이 생각을 한다는 사실이 증명되었다는 게, 단일 개체에 대한 증명인지 개체 전

체에 대한 증명인지 확실하지 않다는 것이다 연구자 앞에
놓여 있던 계란이 생각을 함이 증명되었다고, 그게 우리집
계란이 생각을 한다는 증명이라고 확신할 수 있는가

　그치만 이런 의문에도 문제는 있다 계란이면 다 같은 계
란이지 어떤 계란은 생각을 하고 어떤 계란은 생각을 않고
그 차이는 무엇인가 민수네 집 계란도 영수네 집 계란도 철
수네 집 계란도 다 같은 마트 다 같은 진열대에서 사온 것인
데, 우리집 계란도 마찬가지인데, 왜 어떤 계란은 생각을 하
고 어떤 계란은 생각을 않는가

　여기서, 증명이 실은 조작된 것은 아닌가 하는 의심이 생
길 수도 있다 연구자가 자기 앞에 놓인 계란이 생각을 하도
록 조작한 것은 아닌가, 혹은 이러한 증명의 과정을 쉽게 알
수 없는 세상 사람들에게, 생각을 않는 계란이 생각을 한다
고 속여먹은 것은 아닌가 그럼 우리는 왜 속았을까 평소에
는 계란이 생각을 한다고 믿지도 않았던 우리가, 왜 연구자
의 실험 결과에 홀라당 넘어가버린 걸까

　이런 걸 다 알 수는 없는 노릇이다
　깊은 생각에 잠겨
　눈앞의 계란후라이가 식어가는 것도 모르고

당신의 언어는 안전합니까

전국의 동물어 번역기가 압수된 지 일 년이 지난 날, 나는 멀리서 까마귀 우는 소리를 들었다 번역 체계에 대해서는 이미 잊어버린 지 오래였다 십대 때 어학원에서 그것을 배우긴 했지만 지식은 통 써먹을 일이 없었다 나는 간헐적으로 들려오는 까마귀 우는 소리가 당혹스럽기까지 했다 나와는 다른 종의 생물이 가지는 생경함을 새삼 다시 느끼게 된 것이다

생각해보면 동물들이 내는 소리가 전에는 이렇게까지 당혹스럽지 않았다 불편함은 있었다 배가 고프다는 건지, 잠이 온다는 건지, 나가고 싶다는 건지, 쓰다듬어달라는 건지 헷갈리는 순간들도 있었고 때문에 크고 작은 실수들도 있었다 그러나 번역기가 없는 동물과의 일상에 의외로 빨리 적응했다고 느꼈고 실제로 실수가 점차 잦아들기도 했다 그래, 이대로 이삼 년만 지나면 동시통역도 할 수 있겠어, 하고 자신감이 생길 때쯤 그 일이 일어난 것이다

어느새 소리는 가까이에서 들려오고 있었다 동물어 번역기가 처음 등장했을 때 우리가 내다본 미래는 희망적이었다 나날이 버전이 업그레이드되고 번역기에 관한 뉴스 특보가 방송되고 기쁨에 찬 표정으로 비둘기와 고양이와 개와 금붕어와 거북이와 토끼 등에게 말을 거는 사람들이 거리마다 가득했던 시절도 있었다 육식이 가장 먼저 자취를 감췄

다 동물 학대, 공장식 동물 사육 등의 비윤리적 행태들도 빠른 속도로 사그라들었다 여전히 육식과 사냥, 도축을 그만두지 못하는 사람들이 있었지만 극소수였다 동물어 번역기가 보급화되고 나서도 배우지 않으면 먹을 수 있다고 주장하며 도축과 육식을 일삼았던 사람들까지도, 분위기에 휩쓸려서였는지 정말 마음이 동해서였는지 자신들의 오랜 식습관을 버리기 시작했다 그러나 동물어 번역기 출시 십 주년을 기념해 한 대기업이 내놓은 새 버전의 번역기는 많은 것을 바꿔놓았다

나는 그 번역기를 통해 들었던 언어들을 되새기며 저 까마귀를 쏴 죽여야 하나, 고민했다 도리어 내가 도망쳐야 했던 건지도 모르겠다 그러나 커튼이 흔들릴 정도로 거센 까마귀 소리를 들으며 나는 꼼짝도 못하고 거실 한복판에 서 있을 수밖에 없었다 지난 일 년간 각각의 종들, 각각의 개체들이 내는 소리를 너무 단순하고 긍정적인 쪽으로만 생각해왔다는 깨달음이 있었다 내가 새 버전의 번역기를 통해 들은 언어들은 그게 아니었다 물론 나를 포함해서, 많은 사람들은 그 기기를 통해 번역된 언어들을 부정하려 했고 저 개체들이 그런 감정을 가지고 그런 사고를 가지고 그런 말들을 뱉는다는 걸 믿지 않기 위해 기기에 결함이 있다고 주장했다 대기업을 비난하는 목소리도 나날이 높아져만 갔다 그러나 번역기에는 아무런 결함이 없음을, 오히려 그동안 구

버전의 번역기가 동물의 언어를 지나치게 단순화시켜왔음을 인정하는 사람도 하나둘 늘어갔다 나는 끝까지 애써 부정하는 쪽이었다 진실을 모르는 건 아니었다 그러나 그걸 인정해버리고 나면 인간으로서 가지고 있던 최소한의 존엄성, 자존심 같은 걸 모조리 빼앗기는 기분이 들 것만 같았다 새 버전 번역기가 사람들의 정신과 마음에 끼치는 악영향, 인간이라는 종의 존립에 가할 위협 때문에 국가 차원에서 번역기를 압수하겠다고 했을 때 맘 편히 기기를 반납했던 건 그래서였다 그리고 나는 지난 일 년간 홀가분하고 안정적인 마음으로 동물들과 일상을 보냈다 그러나 바깥에서 들려온 까마귀 소리는 안온했던 거실의 공기를 깨뜨렸다 나는 더이상 차분한 마음으로 그 소리를 대할 수가 없었다 까마귀가 울고 있었고 까마귀는 어느새 베란다 안으로 들어와 있었다 나는 공포에 질린 얼굴로, 까마귀가 우는 것을 가만히 듣고 있을 수밖에 없었다

등뒤에서 나의 개, 홈스가 짖고 있었다 적어도 배가 고프다는 소리는 아닌 것 같았다

장난감 쥐와 내 친구들

보닛에 닿은 그 햇빛은 튕겨져 올라와 나를 혼란한 시선
속으로,
그리고 혼란한 시선 속에서는 늘 쥐가 나온다
나는 보닛 위를 천천히 떠가는
쥐 한 마리를 잡으려 한다

그러나 그것은 순식간에 열다섯 마리로 불어나고
열다섯 마리의 쥐는,
내가 그것을 열다섯 마리로 센 순간에
다시 한 마리의 쥐로 돌아간다

나는 자그마한 장난감 쥐 하나를 문구점에서 사온 적 있
다 그것은 문구점 구석에 위치해 있었고 매캐한 먼지들로
장식되어 있었다 나는 그 먼지들이 흩날리지 않도록, 다른
자리를 찾아 뛰쳐나가지 않도록 조심스럽게 장난감 쥐를 집
으로 옮겨왔다

집 천장의 한쪽 모서리에서는 장난감 거미들이 실을 짜
고 있었다
나의 네덜란드 친구 얀센과,
서울에 사는 내 친구 이경자는
그것들이 장난감처럼 보이지는 않는다고 했다
이번에도 그럴까,

나는 장난감 쥐를
플라스틱 덩어리라는 속성 그대로 키워내기로 결심했다
장난감 쥐가 장난감 쥐의 꼴을 벗어나
기고
찍찍거리고
부드러운 몸체를 가진
심장이 펄떡거리는 한 마리의 쥐로
그렇게 심장이 펄떡거리도록
내버려두고 싶지는 않았다

그러나 보닛 위에서 숨쉬며 보닛 위를 천천히 떠가는 이
쥐는 어떻게 된 것인가 장난감 쥐를 덮고 있던 그 희부연 먼
지들이 뛰쳐나와 쥐를 쥐들로 번져가게 하고 있는 것인가
먼지들이 그 가벼움을 참지 못하고 펄떡펄떡 뛰쳐나와 펄떡
거리는 심장으로, 펄떡거리는 작은 발들로, 펄떡거리는 작
은 귀들로 흩어지고 있는 것인가

먼지를 세려 하면 할수록 먼지를 세는 것은 별 쓸모가 없
다는 점을
나는 깨닫는다
자신의 뱃속에 그득히 쌓여 있던 먼지들을
얄궂은 한 무더기 흙을

죽어서도 벌벌 떠는 초파리들을
기다랗게 이어지고 이어지는 실벌레들을
내뿜고
내뿜어서
내 집 속에 또하나의 집을 만들고
장난감 거미에서 벗어나 나의 친구들을 혼란스럽게 하는,
구석진 곳의 거미들처럼,
딱딱하고 각이 진 플라스틱 표피가 벗어지고
가시 돋친 다리들을 갖게 되는 그 거미들처럼
내가 사온 장난감 쥐 또한 보닛 위에서, 보닛을 치고 올
라오는 빛을 받으며, 천천히 쥐들로 번지며 숨을 쉬고 있다

나는 얀센에게 이중 일곱 마리의 쥐를
그리고 경자에게 남은 여덟 마리의 쥐를
그러나 내게도 한 마리의 쥐가 또다시 남을 것이다

얀센은 내게서 사간 그 쥐들을
책장 위에 올려놓겠지 그러면
쥐들은 책 사이사이를 뛰어다니며
어떤 책의 어느 쪽을 펼쳐도
일테면『죄와 벌』30쪽을 펼쳐도
『양철북』75쪽을 펼쳐도
쥐의 사체가

— 선명한 핏자국과 짜부라진 몸체가
　그곳에 있도록 쥐들은 뛰어다니고 흩어지고 다시 모여서
한 마리로
　한 마리 쥐로 남아서
　책장 위에 서 있게 될 것이며
　얀센은 도대체 이게 어쩌된 지경이냐고, 아직 보닛 위에서
어지러운 그 쥐들을 관찰하고 있는 나를 찾아와
　따질 것이다
　따지면 어쩌겠는가
　내가 보고 있는 이 쥐들을 또 쥐야지

　여섯 마리가 사라졌으니 이번에는 열여섯 마리를
　아무리 흩어지고 모이고 또다시 흩어지고 모이더라도
　책장 위에 끝내 두 마리는 남아 있지 않을까 싶은 그 열여
섯 마리의 쥐들을
　조심스럽게 얀센의 손 위에 올려줘야지

　경자는 또 쥐를 변기통에 빠뜨려버리고 자신이 빠뜨렸다
는 그 사실을 잊어버리고 누가 이 쥐들을 물속에 빠뜨렸냐
며 내게 와서 호통을 치고 또 스무 마리의 쥐를 받아가고 또
다시 쥐들을 변기통에 빠뜨리고 또다시 잊어버리게 되고 또
서른 마리의 쥐를 받아갔으니,

　—

얀센에게는 열여섯 마리의 쥐라도 줘야지 또 그 쥐들이
책 사이사이에서, 다 찢기고 짓눌린 사체로 발견될지라도
　또 그가 와서 간곡한 부탁을 하고 서른세 마리의 쥐를 받
아간다 하더라도

경제학

나는 경제학 교수들과 함께
세계 증시와
환율과
비트코인과
부동산 투기
등에 대해서 이야기하면서
큰돈 만지는 꿈을 꾸고 싶었다

어느 하루에 나는
경제학 교수를 찾아갔다

꿈에서라도 큰돈을 만지려면 어떻게 해야 하느냐고
대체 왜 그런 꿈을 나는 꿀 수 없느냐고

어느 날에는 경제학 교수와 생물학 교수가 만나서 담화를
나누고 있었는데
　일테면 이런 식이었다
　"이구아나를 비트코인의 방식으로 팔아넘긴다면
　그 이구아나는 과연 얼마나 할까요?"

"실제 이구아나를 300비트에 팔아넘기는 것과
게임 속 이구아나를
이구아나라는

홈피 속 아바타를
그도 아니면 심지어
이구아나라는
네 음절의 글자를
팔아넘기는 것은 대체
무슨 차이가 있는 걸까요?"

"생명윤리에 따르면 이구아나를 사거나 파는 것은
상당히 잘못된 일입니다"

"그렇다면 실제 이구아나가 아닌
게임 속 반려동물인 이구아나를
300비트에 팔아넘긴다면요?
아니면
게임 속 반려동물을
실제 돈 팔십만원에 팔아넘긴다면
그건 그것대로
또 죄가 되나요?"

나는 이게 당최 뭐하는 대화인가 싶었다

서점에서 훔치지 말아야 할 것

서점에서 훔치지 말아야 할 것은 책이니 서점 주인이 반쯤 마시고 올려둔 물 한 병을 훔치면 어떨까

내가 서점에서 갖고 싶은 건 저 물 한 병뿐인데 그렇다고 서점의 바코드 스캐너로 물을 찍을 수야 없지 않은가

반밖에 남지 않았으니 돈을 받고 팔기에도 애매할 것이다 물 좀 마셔도 될까요? 라고 물으면 안 된다고 하긴 어려울 것이다 내가 남은 반을 다 마셔버린다고 해서 나를 혼낸다는 것도 이상하다 그러나 나는 그 물을 마시고 싶은 건 아니다

주인이 잠깐 책을 정리하러 간 사이 무방비로 매대 위에 올려진 물 한 병을 슬쩍 품에 넣고 유유히 서점을 나서면 어떨까 어쩌면 품에 숨길 필요도 없을 것이다 서점에 물 한 병쯤 들고 온다고 해서 이상할 건 없으니까 반쯤 남아 있는 물 한 병을 두고 네 것이니 내 것이니 실랑이를 하는 게 더 이상하니까 남의 손에 들린 물 한 병이 자신의 것은 아닐까 의심하는 것부터가 이상하니까

그러나 내가 이런 고민을 하면서 물 한 병을 뚫어지게 바라보고 있는 사이에 주인은 물을 다 마셔버린다

물이 전혀 담기지 않은 물병을 물 한 병, 혹은 물병이라고
부를 수가 있나 애초에 물이 반쯤 담긴 병을 두고 물 한 병
이라고 불러도 괜찮았던 걸까 저 병을 훔쳐서 나는 이제 무
엇을 할 수 있나

아무것도 담기지 않았으니 내가 마실 수도 없고, 서점 주
인은 더이상 갖고 있을 필요가 없으니 서점 주인을 의심과
불안과 화의 구렁텅이로 밀어넣을 수도 없는 저것을 내가
훔친다면 어떨까 주인은 아마 물병이 사라진 자리를 보고
어디 떨어뜨린 것은 아닌지 잠깐 찾아보다가 말 것이다 오
히려 그것을 가져가준 사람에게 (누군지도 모르면서) 고마
움을 느낄지도 모른다

주인이 잠깐 등을 돌린 사이에 나는 자연스럽게 물병을 집
어들었고, 그러나, 주인은 순간 뒤로 돌아서 다시 내 손에서
물병을 낚아채갔다
"이게 당신 거요?" 주인은 그렇게 물었고
나는 아무 말도 하지 못하고 재빨리 서점을 빠져나왔다

꽃 한 송이

오늘은 꽃 한 송이를 심었다

꽃 한 송이를 심는 일은 꽃 한 송이를 심는 일 꽃 한 송이를 심는 일은 꽃 한 송이를 심고 꽃 한 송이를 심고 또 꽃 한 송이를 심고 그러다보면 하루가 저물고 해가 뉘엿뉘엿 지기 시작하는데 꽃 한 송이를 심으면서 나는 꽃 한 송이를 심고 있다 그런 생각을 했다 그런 생각 속에서 해가 뉘엿뉘엿 지기 시작하는데 꽃 한 송이를 심으면서 이것은 꽃 한 송이고 나는 꽃 한 송이에 대한 혁명적인 생각으로 가득차 있다 그런 생각을 하면서 뉘엿뉘엿 지는 해를 보면서 꽃 한 송이가 어쩌나 꽃 한 송이 그 자체인지 그런 생각을 하면서 꽃 한 송이를 심고 있었는데 꽃 한 송이가 꽃 한 송이가 아니라 꽃 한 송이 그 반대편에 있는 것이라면 그렇다면 꽃 한 송이의 반대편에 있는 것은 무엇인지 나는 궁금해지고 꽃 한 송이를 심으면서 꽃 한 송이의 반대편에 있는 것은 심지 않으면서 왜 나는 꽃 한 송이만 심을 뿐이고 꽃 한 송이의 반대편에 있는 것은 심지 않는지 그런 생각을 하면서 꽃 한 송이에 무너지는 계절과 꽃 한 송이에 무너지는 내 안의 꽃 한 송이와 내 안의 꽃 한 송이가 무너지면서 동시에 바깥에서 진짜로 꽃 한 송이가 무너지는 이런 계절의 바람 속에서 바람이 부는 계절 속에서 나는 꽃 한 송이를 심고 해가 뉘엿뉘엿 저무는 것을 보고 꽃 한 송이 꽃 한 송이 외치다가 죽어간 어느 친구의 이름을 떠올리고 그 친구의 이름이 참으로 희귀한 것이었다고 생각하면서 그 친구의 이름이 그 친구의 살아 있음만큼이나 희귀한 것이 되어버렸다고 생각하면서 나는 희귀한 살아 있음이란 무엇인지 그것이 지금 심고 있는 꽃 한 송이와는 무슨 상관이 있는지 궁금해하면서 꽃 한 송이가 참 희귀하게 살아 있구나 꽃 한 송이는 희귀하게 살아 있었고 나는 바람의 방향을 보고 있었는데 바람의 방향이 여기서 저기로 불어오는지 저기에서 여기로 불어가는지 그것을 알 수가 없었던 게 꽃 한 송이가 어떤 방향으로도 흔들리지 않고 있어서 그랬지만 바람이 불지 않는 건 아니었고 꽃 한 송이를 심어야 한다면 지금이 가장 적당하겠구나 꽃 한 송이가 여기에 자리를 잡는다면 어떤 방향으로도 흔들리지 않고 곧게 잘 자라나겠구나 꽃 한 송이는 그러나 흔들리며 자라나야 한다 그것이 꽃 한 송이의 혁명이다 그런 생각을 하면서 나는 이제야 꽃 한 송이가 꽃 한 송이에서 벗어나 꽃 한 송이로 변해가는 것을 지켜보는데 꽃 한 송이가 꽃 한 송이의 반대편에 있는 것이라는 사실을 꽃 한 송이를 심으면서 꽃 한 송이 꽃 한 송이 심고 또 심으면서 꽃 한 송이의 반대편에는 꽃 한 송이가 있구나 꽃 한 송이의 반대편에도 꽃 한 송이가 있구나 그런 생각을 하면서 꽃 한 송이를 심는데 해가 다 지면서 나는 어둠 속에서 꽃 한 송이가 흔들리는 것을, 천천히 이 방향 저 방향으로 흔들리는 장면을,

어둠 속에서 상상하고 있었다

중력

부채를 들고 있는 동안
나는 부채에 붙들린 사람이 된다
불붙는 부채의 형상을 보며
재들이 모여 다시금 부채의 형상으로 굳어가는 것을 보며

(새벽 다섯시, 나는 정을 만나러 간다 정을 만나러 가는
길에는 꽃들이 피어 있고 작은 수풀이 우거져 있다 수풀이
자꾸자꾸 흔들린다 자꾸자꾸, 수풀 위로 눈이 내린다)

모자를 쓰고 있는 동안
나는 모자에 짓눌린 사람이 된다
모자가 내 머리를 꽉 조이며
내 얼굴에 그려진
눈, 코, 입을
차례로 지워나간다

(눈 속을 달리며, 점차 생생하게 가벼워지는 사슴과 치타
와 기린과…… 그 사이에서 함께, 정이 달려오고 있다 정
은 양팔을 힘껏 흔들며 달린다 정은 보폭을 크게 하며 힘차
게 달린다)

밤 골목을 걸어가는 동안
나는 밤 골목이 주무르는 사람이 된다

원형으로 퍼지는 밤 골목의 냄새
마름모로 퍼지는 밤 골목의 소리
내 그림자를 넓게 펴나가는
밤 골목의 공기

(정은 웅크려 앉아 견디고 있다 해가 뜨기 시작하는 것을,
구름이 걷히고 사슴과 치타와 기린이 자신의 곁을 지나쳐
끝없이 달려나가는 것을, 길 위에 쌓인 눈이 녹고 꽃들이 빼
곡하게 그 자리를 채워나가는 것을)

코너에서
생쥐 한 마리가 튀어나온다

생쥐는 뒤돌아서, 다시금 멀리로 사라지는데
여전히 나를 쳐다보는 생쥐가 있는 것 같다

찍―찍―
하고,
나는 소리를 낸다

(수풀이 자꾸자꾸 흔들린다 자꾸자꾸, 안에서 무언가 만
개하려는 것처럼)

돌

오늘은 셀 마르티코에게 가서 밀린 이자를 받아낼 계획이
다 셀 마르티코는 돌을 키우는 사람이다 어제는 자신의 돌
이 드디어 입을 열기 시작했다고 환희에 찬 목소리로 전화
를 해왔다 나는 그에게 내일은 꼭 이자를 갚아야 한다고, 오
후 두시까지 돈이 들어오지 않으면 직접 찾아가겠다고 말했
다 그는 자신이 키우는 돌이 날마다 다른 리듬으로 진동한
다고 했다 기왕 찾아올 거면 네시 조금 넘어서, 돌이 빛을
발하기 시작하는 시간대에 찾아오라고 했다 나는 그게 언
제인지 알지 못한다 빛을 발하고 사람의 말을 하는 돌, 그
런 게 정말 있다면 밀린 이자 대신에 그 돌을 받아와도 괜
찮을 것이다

셀 마르티코는 찬장을 열어 자신이 키우는 돌을 보여줬다
찬장 안에서 돌은 웅크리고 있었고 과연 빛을 발하고 있었
다 그러나 그것이 돌처럼 보이지는 않았다 내가 보기에, 그
것은 차라리 개구리라고 불려야 합당했다 과연 그것은 고개
를 쳐들고 나를 똑바로 쳐다보더니 개굴개굴 하고 울기 시
작했다 셀 마르티코는 자랑스러운 표정으로, 어때 꽤나 그
럴듯하지 않아? 하고 물어왔다 나는 오늘이 당신이 돈을 빌
려간 지 백오십 일째 되는 날이라고, 오늘까지 밀린 이자라
도 갚지 않으면 당신의 그 소중한 돌을 가져가겠다고 했다
그는 의뭉스러운 표정을 지으며 고개를 갸웃갸웃하더니 찬
장 안의 돌을 꺼내 내게 건넸다 자 가져가, 이제는 당신이 이

것을 가져가도 상관없어 돌은 이미 입을 열기 시작했고 내가 할 일은 거기까지였으니까

나는 셀 마르티코에게서 받아온 돌을 식탁 위에 올려두고 그에게 전화를 걸었다 당신이 준 이 돌, 전당포에 맡기면 얼마쯤 받을 수 있을까? 그는 한참 동안 말이 없다가, 그 돌은 파는 것이 아니라고 당신의 손에 들어간 이상 당신이 갖고 있어야만 하는 것이라고 말했다 나는 그게 무슨 소리냐고 했다 당신, 당신도 이 돌을 내게 넘겼잖아? 셀 마르티코는 어쨌든 그 돌은 팔면 안 된다고, 정 그것을 팔고 싶다면 팔다리가 다 자라고 난 뒤에 팔아야 한다고 했다 그럼 당신의 일은 입을 열게 하는 것까지였고 내가 할 일은 팔다리가 자라게 하는 거다, 이 말이지? 그래, 그래 알겠어

저녁 일곱시쯤, 해가 넘어가기 시작할 때 나는 그 돌을 전당포에 가지고 가서 팔아버렸다·전당포에서는 꽤 두둑하게 값을 쳐줬다 셀 마르티코에게서 받아야 할 원금과 이자를 합친 것의 세 배가 넘는 돈이었다 곧바로 셀 마르티코에게 전화를 걸어 그 사실을 알리려 했지만 그는 전화를 받지 않았다 서너 통쯤 걸어봤지만 마찬가지였다

밤 열한시, 나는 전화 한 통을 받았다 셀 마르티코의 부고였다 30층 높이의 옥상에서 발을 헛디뎠다는 이야기였다

나는 수화기 너머의 인간에게 말했다 당신은 누구며 셀 마르티코는 나와 가족도, 친척도, 친구도 아닌데 대체 왜 나한테 이런 소식을 알리는 것이냐고, 그는 자신은 전당포 주인이며 내게서 산 돌이 삼십 분도 되지 않아 사라져버렸다고 했다 그러게 당신 간수 좀 잘하지 그랬어, 여튼 셀 마르티코와 나는 아무 관계가 없는 사이고 그에게서 받아야 할 돈이 조금 있었는데 그건 이미 받은 거나 마찬가지니 내게 셀 마르티코의 장례식에 오라느니 그딴 소리는 하지도 마쇼! 나는 전화를 끊고 소파에 드러누웠다 소파 아래에서, 개구리 울음소리가 들려왔다

똥이 자란다

지겨워

끔찍해

시끄럽고

더러워

조금씩 똥이 자라난다

똥이 자라나는 과정을 유심히 지켜보고 있으면

똥이 자라나는지를 알 수 없지만

잠깐 눈을 붙였다 비몽사몽간에 똥을 다시 볼 때에

똥은 자라나 있다

나는 눈을 감고 천천히 나의 단어들을 되뇐다

끔찍해

시끄러워

—

불결해

나는 놀이터 앞 벤치에 앉아 있다가

놀이터에서 싸우고 있는 두 명의 초등학생을 본다

너 싫어

네가 꺼져

헤어지자

미안해, 미안

그런 싸움 옆에서

똥이 자라난다

초등학생들 코를 감싸쥐고

언제 싸웠냐는 듯 서로의 손을 꼭 쥔 채로

—

자라나는 똥에게서

똥이 자라나는 놀이터로부터

도망친다

나는 자라나는 똥을 본 다음날이면

가족한테 꼭 그것에 대해 이야기하는데

가족은 꼭 그 사실을 믿지 않는다

놀이터에 대체 똥이 어딨니?

그리고 똥이 대체 어떻게 자라난단 말이니?

그런 더러운 얘기는 그만해

나는 그럼 방에 들어가 이불을 뒤집어쓰고 한참을 우는데

울다가 지쳐 두 눈이 통통 부은 상태로

이불을 들추고 나오면

머리맡에서 똥이

아주 큰 똥이

더 크게 자라나고 있다

더러워

기분 나빠

씨발

그러나 이걸 또 가족에게 말하면

가족은 TV만 볼 뿐 전혀 관심을 갖지 않는다

TV에서는 아나운서가

끔찍해

기괴해

불결해

그러다가 문득

사랑해

라고 말하는 순간

TV 앞에서 자그맣게

똥이 자라난다

탁자에 대한 사랑

　나는 그 방에 있는 탁자를 사랑한다 그 탁자를 다른 방에
둔다면 다른 탁자가 될 것이다 같은 크기의 모서리, 같은 곳
에 난 흠집, 같은 굵기의 다리에도 불구하고 다른 방의 탁자
는 다른 탁자일 것이다 그래서 나는 그 방에 있는 탁자를 사
랑하고 탁자는 그 방에 있어야 한다

　그러나 그 방에 있더라도 탁자는 다른 탁자가 될 수 있다
탁자 위에 고양이 한 마리가 올라갔다고 해보자 그때 그것
은 전혀 다른 탁자다 그 탁자는 처음 왔을 때 비어 있었고
내가 사랑하는 그 탁자는 끝까지 빈 채로 있어야 한다 그 위
에 음식을 올려두고 사람들을 초대한다면, 사람들은 음식을
먹고 탁자 주변을 오가면서 그 탁자를 식탁이라 불러댈 것
이다 그 위에 사람 한 명을 올려놓고 메스를 들어 배를 가르
는 의사가 있다면 수술 참관인들은 그 탁자를 수술대라 불
러댈 것이다 그러니 그 탁자 위로 고양이 한 마리, 쥐 한 마
리, 날파리 한 마리도 올라가서는 안 된다

　그러나 탁자를 가만히 둘수록 탁자 위에는 먼지가 쌓인다
는 걸 나는 알고 있다 손으로 쓸면 검게 묻어날 만큼 먼지가
쌓인 탁자는 더이상 이전의 색감과 무게를 가지고 있지 않
다 그건 먼지 쌓인, 내가 손걸레로 닦아내야 할 더러운 탁자
일 뿐이고 더는 내가 사랑하는 그 방의 탁자가 아니다

내가 사랑하는 그 방의 탁자는, 내가 사랑하게 된 순간부터 그 자리에 없고 나는 몇 번이고 그 방을 찾아가 내가 사랑하는 탁자였던 것을 바라보곤 한다 그럴 때면 텅 비어 있고 먼지 하나 없이 깨끗하며 처음과 같은 위치에 그대로 흠집이 있는, 그리고 그 방 그 위치에서 벗어나는 일이 없는, 그대로의 탁자 하나가 환영으로 겹쳐든다

나는 그 탁자를 사랑하지 않게 된 후에야 그 탁자 위로 고양이가 올라가는 것을 허락할 수 있을 것이다 나는 탁자 위에 몸을 웅크린 채 가만히 누워 있는 고양이를 보면서, 다시 탁자를 사랑할 수도 있을 것이다 고양이는 식탁에 누운 고양이일 수도, 수술대에 누운 고양이일 수도 있을 것이다

모든 요일이 지나기 전에

월요일이 지나면
월요일의 밍이 찾아와 물었다
네 반바지 어디 갔니?

화요일 새벽이 지나면
화요일의 수가 찾아와 물었다
너 왜 입술을 달싹이고 있니?

수요일이 지나가지 않은 와중에도
수요일의 조는 찾아왔고
내 머리를 쓰다듬으며 물었다
너 공중제비 돌 줄 알아?

목요일의 뮤는 아무것도 묻지 않았다
뮤는 목요일이 지나가는 동안
뮤, 뮤, 하고 같은 말만 반복했으므로
뮤에게서 왜 향기로운 비누 냄새가 나는지
뮤의 목소리가 왜 가늘게 떨리고 있는지
나는 알 수 없었다

금요일이 다 지나고
졸음이 밀려오는
한적하고 아름다운 시간엔

아무도 나를 찾아오지 않았다
나는 점점 어두워지는 공기 속에 웅크려 앉아
금요일의 그 사람을
슬픈 눈으로 기다리고 있었다

토요일의 류와 일요일의 쇼가
내게 와서 화를 냈다
어두운 얼굴을 가진
금요일의 그 사람을 풀어주라고

나는 금요일로 돌아가서
금요일이 지나기를
오래도록 기다렸다

스타벅스 모카커피

커피병에 담긴 것이 커피라는 증명

1. 커피병에 담겨 있으므로 커피이다
2. 내가 알던 커피의 맛과 색이 이 음료와 비슷하다
3. 커피라고 하고 판다

그러나 확신할 수 없게 하는 몇 가지 항들

1. 커피병에 양잿물을 담으면 양잿물은 커피가 되는가
2. 양잿물에 커피의 향과 맛을 첨가하고 커피 색깔 색소를 넣으면 어떠한가
3. 양잿물에 커피라는 이름을 붙여 팔면 어떠한가

스타벅스 커피병에는 '커피 함량 0.56% 이상'이라는 문구가 적혀 있다. 이것은 꼭 0.56%만큼 커피인가. 이 정도의 함량에도 커피라고 불릴 자격이 있는가. 그렇다면 양잿물에 동일한 함량의 커피를 넣는다면 어떠한가. 우유 함량은 15%이고 아마 정제수의 함량은 그보다 더 많을 것이다 (따로 나와 있지는 않다). 이것은 정제수인가 우유인가 커피인가. 상품명은 '모카'다. 그래, 모카커피. 커피면 커피지 모카커피는 또 뭔가. 네이버 지식백과에는 'Mocha'라는 단어에 대해 다음과 같은 부가 설명이 붙어 있다.

모카자바 등 커피 이름에 쓰이는 모카는, 옛날 예멘과 에
티오피아(Ethiopia)산의 질 좋은 커피를 모카 항구로 수출
했는데 이렇게 모카항에서 수출된 커피를 모카커피(Mocha
Coffee)라 부른 데서 비롯되었다. 오늘날에도 예멘과 에티
오피아산의 최상급 아라비카(Arabica)를 여전히 모카라고
부른다.

　그러나 이 유리병 뒷면에는 '볶은 커피: 미국산'이라 적혀
있고 '컬럼비안커피파우더'도 0.3% 들어 있다. 예멘이나 에
티오피아산 아라비카가 들어 있다는 이야기는 어디에도 없
다. 모카커피라는 말은 결국 커피-커피라는 말이고 그렇다
고야 하지만 이 유리병 안에 담긴 것은 모카라고 하기에도
커피라고 하기에도 무리가 있다. 물론 내가 이것을 산 까닭
은 이런 헛소리를 하기 위함이 아니고 단지 모카커피가 한
병 마시고 싶었기 때문이다. 나조차 이것을 모카커피라고
생각하고 샀으면서 대체 왜 이런 부정을 하는 것인가. 하지
만 이제 와서는 내가 정말 모카커피를 사기 위해서 모카커
피를 산 것인가, 하는 의심이 드는 것도 사실이다. 모카커
피를 사는 사람들은 자기가 원하는 것이 모카커피라고 확신
하는가. 병 안에 든 것이 모카커피가 맞는다는 확신이 있는
가. 모카도, 커피도 없는 모카커피를 사는 것은 모카커피라
는 관념을 사는 것인가. 만질 수 있고 마실 수 있고 볼 수 있
다는 점에서 이것은 분명 물질이다. 그러나 내가 산 것은 무

엇인가. 나는 무엇에 돈을 지불했는가.

나를 무한한 의심으로 이끄는 이 모카커피는 이중 어떤 것에도 만족할 만한 답변을 내놓지 못하고 있다. 그저 '모카'라는 상표명을 뻔뻔스럽게 달아놓고 있을 뿐.

말복 더위

그림을 그리려고 앉았더니 더위가 문제다. 실상은 시를 쓰고 있으면서 왜 그림을 그린다 하는가? 다른 행동을 하는 다른 인물을 써내면서 자판 앞에 앉은 자신을 지우려 함인가? 아니면 그림을 그리듯, 이라는 말처럼 시쓰기에 대한 일종의 비유로 이런 말을 하는가? 지우려 지우려 해도 끈질기게 거기 버티고 있는 자 누구인가? 그림 그리는 자들도 자신을 그림 속 주연으로 그려넣곤 하는가? 이를테면 외젠 들라크루아의 〈민중을 이끄는 자유의 여신〉이라는 그림 속에 들라크루아 자신을 그려넣기, 아니면 자신의 영화에 출연하는 수많은 감독들, 앨프리드 히치콕, 로만 폴란스키, 마틴 스코세이지, 우디 앨런, 쿠엔틴 타란티노, 박찬욱, 봉준호까지도! 이때 끈질기게 이들을 촬영하는 자 누구인가? 거기 절대적인 시선, 누구인가? 역시나 더위가 문제다. 그림을 그려야 할 판에 이런 답도 없는 질문들을 시키는 게 바로 이 말복 더위다. 그치만 거기, 문 틈새로 또 나를 지켜보는 자 누구인가, 느낄 수만 있고 도저히 그려낼 수 없는 그 시선은 누구의 것인가. 더위처럼 내리쬔다 더위처럼 나를 옴짝달싹 못하게 하는 이 빌어먹을 것 그러나 그것은 실상 나의 시선이다, 하는 시시한 결말이 아니고, 도저히 어쩔 수 없는, 내가 역으로 겨눌 수는 없는, 저 빌어먹을 것!

정월 대보름

정월 대보름에는 문득 그런 생각이 들었다 내가 여태 쓴
시를 다 합쳐도 오늘 꿈에서 쓴 시 한 줄만 못하지 않은가
그러나 그 한 줄은 도저히 기억나지 않고

정월 대보름에는 개들이 참 잘 짖었다 시에다 개를 쓰지
않기로 했는데 그날은 개들이 참 잘 짖었다

정월 대보름에는, 이라고 쓰려다, 한국인은 숫자 3을 좋
아한다는 통념, 무엇이든 세 번 등장하는 것이 좋다는 선생,
정원이 다 울리도록 짖는 세 마리 개와, 정원으로 천천히 착
지하는 세 마리 새와, 정원 한가운데서 가슴을 뚱땅거리는
침팬지, 그러나 이런 것이 지겹기도

꿈에서 쓴 그 시만 기억해내면 막힌 혈맥이 뚫리듯 후련
하게 인생 살아내겠구나 싶다가도, 도대체 그깟 시 한 줄이
뭐라고 혈맥까지 막힐 일인가 싶고
쓰면 그만인가
쓰고 나도
또 써야 하지 않는가 싶고

'싶다'는 말은 이제 그만, 시에 대한 시도 이제 그만, 박승
열씨가 등장하는 시도 이제 도저히, 아 또 3이다 관습적 언
어를 폐기하려고 써왔는데 습관성 리듬에 갇혀버리다니 박

승열씨도 이제 늙어버린 건가 싶고

　아마 꿈에서 쓴 시는 영영 기억나지 않을 것이다
　정월 대보름 날에는
　환하게 뜬 보름달이나
　보면 그만이지
　싶다,

실제 모델

내 인생의 실제 모델은 누구인지, 나는 한참 동안 그걸 고민했다
남색 카디건을 입고 집밖으로 나가
사람들과 수다를 떨 때
나를 보며 기시감을 느낄 사람은 누구인지
그를 내가 알고 있는지
알고 있다면
왜 그임을 알아채지 못했으며
모르고 있다면
왜 여태 내 앞에 나타나지 않았는지
어쩌면 죽었을지도 모르지,

내 인생의 실제 모델은 이미 죽었고 나는 그를 알 도리가 없는데 내가 그처럼 행동하게 된다는 건 이상하다
보지도 않은 걸 베끼다니
아니 베낀다기보다는
나는 나대로 행동했는데
그것이 누군가의 되풀이

벤치 앞을 걸어가다
벤치에 앉아 자기 그림자를 가만히 내려다보는 한 사람을 보고
나는 다시 생각에 잠긴다

누군가를 실제 모델로 한 내 인생이 또다른 누군가의 실
제 모델이라면
또다른 누군가의 실제 모델은 나인가, 아니면 내 실제 모
델인 누군가인가
거슬러올라가자면
이천 년 전까지도

나는 이천 년 전에 그 사람 앞에서 그러했듯 지금 내 발 앞
에서 굴러가는 돌멩이를 본다 돌멩이가 어디쯤에서 멈출지
나는 직감적으로 알게 되었다……고 생각한 순간, 눈앞의
돌멩이는 씻은 듯 자취를 감춰버린다

나는 웃어버린다
그조차 이미
이천 년 전 그의 발아래에서 벌어진 일이었다는 듯이

해설

낭만적 아이러니 3막극

조강석(문학평론가)

1. 내 이야기를 들어봐

마음속에 일어나는 강렬한 정서가 자연스럽게 흘러넘치도록 두는 것이 시라는 관점에서 얼마나 멀어지느냐 경주가 벌어지기라도 한 듯 이즈음의 많은 젊은 시인들은 '자연스러워' 보이지 않는다. 의도적으로 차별화를 감행하려는 경우도 더러 있고, 일부러 의식하지 않아도 새로운 문화적 환경 속에서 이전 세대와는 다르게 새롭게 몸에 밴 글쓰기 관행을 따를 뿐일 경우도 있다. 관건은 차별화가 아니라 개성일 것이다. 얼마나 차별화되고 있는가를 판별하는 준거들은 언제나 과거에 속한다. 현재를 밀고 가는 동력은 꼬리를 자르는 데서 생기는 것이 아니라 현재를 바싹 당겨 안는 열정에서 발원한다.

3막으로 구성된 시집을 눈앞에 두고 있다. 이 3막극에는 여유와 능청이 없다. 사태를 호기롭게 전개시키고 위기를 통해 담금질을 할 겨를이 없다는 것이다. 사실 그런 맥락에서 보자면, 조금 과장이 있을지 모르나 이 시집은 피카레스크 구성을 택하고 있다고도 할 수 있을 것 같다. 아니면 짧은 에피소드들로 구성된 단막극, 좀더 정확히는 시청자들이 회차의 순서를 염두에 두지 않고 손에 잡히는 대로 감상할 수 있는 자유도를 허용하는 플랫폼상의 시리즈물—SF에 가까울—과도 유사한 구성을 지닌다고 할 수 있을 것이다. 이는 이 시집에 실린 시들의 첫머리를 일별하면 자연스럽게 확인되는 사실이다.

  조이와 하조와 나는 오렌지의 꿈속에 들어와 있었다
                              ―「오렌지의 꿈」 부분

  아파트와 아파트와 아파트 그리고 무수한 아파트 나는
이러한 광경 속으로 물소 한 마리가 걸어들어가는 것을
봤다
                                   ―「아파트」 부분

  세상에 살아남은 마지막 마법사 중 한 사람인 조셉은 변
신 마법에 능했다.
                         ―「변신하지 못하는 변신 마법사」 부분

  레몽 끄노가 말했다. 자신이 레몽 끄노임을 모두가 알고
있어서 너무 불안하다고.
                              ―「레몽 끄노의 것」 부분

  "포스터를 보고 찾아왔어요." 그 남자가 말한다. 내 이
름은 일라노이비치, 내가 지었다.
                              ―「레몬과 소금」 부분

  전국의 동물어 번역기가 압수된 지 일 년이 지난 날

—「당신의 언어는 안전합니까」부분

　오늘은 셀 마르티코에게 가서 밀린 이자를 받아낼 계
획이다

—「돌」부분

　시가 이와 같은 방식으로 시작될 때 독자들은 자발적으로
유출되는 정서와 만날 것을 기대하지 않는다. 오히려 '불신
의 자발적 중단' 속으로 합류할 것인지 아닌지를 선택해야
만 하는 기로에 서게 된다. 그런 의미에서 볼 때, 이 시집에
실린 시들을 통상의 경우처럼 부로 나누지 않고 막으로 나
눈 것은 당연한 귀결로 보인다. 개별 시편들이 극 속으로 독
자를 초대하고 있기 때문이다. 독자는 상황 속으로, 그리고
이야기 속으로 자발적으로 입사하거나 고개를 저으며 기꺼
이 액자의 바깥으로 향할 것이다. 그런 의미에서 보자면 박
승열의 시쓰기는 일종의 최대한의 결사를 필요로 한다고 할
수 있다. 상황 속으로 기꺼이 '투신'할 이들의 규합이 필요
해 보이기 때문이다. 이 결사는 취미나 기호(taste)의 차원
에서 이루어지는 것일 수도 있고, 독서 관행의 자연스러운
귀결에 따른 것일 수도 있다. 그렇다면 박승열의 시를 읽기
전에 이런 질문 앞에 서게 되는 것일지도 모른다. 빨간 약
인가, 파란 약인가?

2. 너는 보고 있지만 관찰하고 있는 게 아니야

　상황을 만들고 그 상황 속으로 독자를 몰입시킨 후 자신의 이야기를 펼쳐가는 방식의 시가 박승열의 고유의 것만은 아니다. 박승열의 작품에 묻어나는 개성은 상황을 발생시켜 시를 쓰는 것에서 발휘된다기보다는 상황의 성격과 상황을 다루는 아이러니한 태도에 있다고 할 수 있다. 그리고 이 개성은 세 가지 단계를 거쳐 시집 전체에 배어나게 된다. 우선 첫번째 단계……

커피병에 담긴 것이 커피라는 증명

　1. 커피병에 담겨 있으므로 커피이다
　2. 내가 알던 커피의 맛과 색이 이 음료와 비슷하다
　3. 커피라고 하고 판다

그러나 확신할 수 없게 하는 몇 가지 항들

　1. 커피병에 양잿물을 담으면 양잿물은 커피가 되는가
　2. 양잿물에 커피의 향과 맛을 첨가하고 커피 색깔 색소를 넣으면 어떠한가
　3. 양잿물에 커피라는 이름을 붙여 팔면 어떠한가

(······)

　모카도, 커피도 없는 모카커피를 사는 것은 모카커피라
는 관념을 사는 것인가. 만질 수 있고 마실 수 있고 볼 수
있다는 점에서 이것은 분명 물질이다. 그러나 내가 산 것
은 무엇인가. 나는 무엇에 돈을 지불했는가.
　나를 무한한 의심으로 이끄는 이 모카커피는 이중 어떤
것에도 만족할 만한 답변을 내놓지 못하고 있다. 그저 '모
카'라는 상표명을 뻔뻔스럽게 달아놓고 있을 뿐.
　　　　　　　　　　　　　　—「스타벅스 모카커피」부분

　박승열의 시가 상황 혹은 이야기를 분절시키는 방법은 여
러 가지가 있는데 그중 우선적으로 눈에 띄는 것은 위에 인
용된 시에서와 같은 방식의 관찰법이다. "너는 보고 있지만
관찰하지는 않는다(You see, but you do not observe)"라는
셜록 홈스의 유명한 말을 떠올리게 하는 이 방식은 우리가
무심히 지나칠 수 있는 일상적 소재나 사건을 시적 시계(視
界)를 통해 새롭게 관찰하는 것이다. 그리고 여기에는 일종
의 메타시적 기획 의도도 엿보인다. 인용된 시를 보자. 문
면으로는 커피병에 담긴 것이 커피라는 것을 확신할 수 있
는 근거를 따져 묻는 내용이지만 조금 더 자세히 들여다보
면 비단 커피뿐만이 아니라 이름과 실체의 관계에 대한 오
랜 철학적 회의가 문제의 핵심에 놓이게 된다. 모카는 커피

수출항이던 작은 도시의 지명이다. 이것이 환유적 의미 전승을 통해 특정한 종류의 커피를 지시하게 된 것인데, 그런 까닭에 '모카커피'라는 명칭은 새삼 문제적이다. 물질과 관념의 묘한 배합과 전치를 가능하게 하기 때문이다. 이런 시계를 통해 들여다보면 방법적 회의와 더불어 사물에 대한 새로운 해석이 가능해진다.

나는 그 방에 있는 탁자를 사랑한다 그 탁자를 다른 방에 둔다면 다른 탁자가 될 것이다 같은 크기의 모서리, 같은 곳에 난 흠집, 같은 굵기의 다리에도 불구하고 다른 방의 탁자는 다른 탁자일 것이다 그래서 나는 그 방에 있는 탁자를 사랑하고 탁자는 그 방에 있어야 한다

그러나 그 방에 있더라도 탁자는 다른 탁자가 될 수 있다 탁자 위에 고양이 한 마리가 올라갔다고 해보자 그때 그것은 전혀 다른 탁자다 그 탁자는 처음 왔을 때 비어 있었고 내가 사랑하는 그 탁자는 끝까지 빈 채로 있어야 한다 그 위에 음식을 올려두고 사람들을 초대한다면, 사람들은 음식을 먹고 탁자 주변을 오가면서 그 탁자를 식탁이라 불러댈 것이다 그 위에 사람 한 명을 올려놓고 메스를 들어 배를 가르는 의사가 있다면 수술 참관인들은 그 탁자를 수술대라 불러댈 것이다 그러니 그 탁자 위로 고양이 한 마리, 쥐 한 마리, 날파리 한 마리도 올라가서는

안 된다

물질과 관념의 치환이 문제적이라면 실체론적 관점과 관계론적 관점 역시 문제적이다. 연장을 속성으로 하는 실체로서의 탁자는 고유의 물질적 실정성들을 보유한다. 물질적 속성과 기능의 차원에서 탁자는 어디서 무엇에 쓰이건 여일한 대상이다. 그러나 관계론적 관점에서 볼 때 탁자는 자신을 구성하는 속성들이 아니라 주위 사물이나 인간과의 관계를 통해서 그때그때 의미가 달라지는 대상이다. 다시 말해 관계 속에서 탁자는 자신의 실체적 고유성 대신 관계들의 고유성에 의탁하는 대상이다.

우리는 탁자에 앉아 커피를 마실 수도 있지만 좀처럼 커피와 탁자를 관찰하지 않는다. 커피와 탁자가 일상의 시계를 벗어나 문제적으로 현상하는, 다시 말해 '낯설어지는' 순간이 바로 시적 순간에 다름 아니라는 것은 러시아 형식주의자들에게 기대지 않아도 자명한 사실이다. 박승열식 관찰법의 첫번째 국면을 시적 관찰법의 시계가 분절되는 순간이라고도 말할 수 있는 까닭은 이 때문이다.

3. 웰컴 투 더 리얼 월드

일단 시적 관찰법에 의해 시적 '상황'이 파지되면 독자는 이내 기로에 서게 된다. 입사할 것인가, 고사할 것인가. 전자의 선택지는 독자를 시의 이야기 속으로 이끌어간다. 그리고 상황을 수락한다면, 이제 상황은 또하나의 실재, 이른바 내적 실재로서 분절되는데 여기에 이르면 무조건 직진이다.

전국적의 동물어 번역기가 압수된 지 일 년이 지난 날, 나는 멀리서 까마귀 우는 소리를 들었다 번역 체계에 대해서는 이미 잊어버린 지 오래였다 십대 때 어학원에서 그것을 배우긴 했지만 지식은 통 써먹을 일이 없었다 나는 간헐적으로 들려오는 까마귀 우는 소리가 당혹스럽기까지 했다 나와는 다른 종의 생물이 가지는 생경함을 그때 다시 느끼게 된 것이다

(……)

인간이라는 종의 존립에 가할 위협 때문에 국가 차원에서 번역기를 압수하겠다고 했을 때 맘 편히 기기를 반납했던 건 그래서였다 그리고 나는 지난 일 년간 홀가분하고 안정적인 마음으로 동물들과 일상을 보냈다 그러나 바

깥에서 들려온 까마귀 소리는 안온했던 거실의 공기를 깨
뜨렸다 나는 더이상 차분한 마음으로 그 소리를 대할 수
가 없었다 까마귀가 울고 있었고 까마귀는 어느새 베란다
안으로 들어와 있었다 나는 공포에 질린 얼굴로, 까마귀
가 우는 것을 가만히 듣고 있을 수밖에 없었다

  등뒤에서 나의 개, 홈스가 짖고 있었다 적어도 배가 고
프다는 소리는 아닌 것 같았다
            —「당신의 언어는 안전합니까」 부분

  홈스라는 이름의 개가 등장하는 것은 우연일 것이다. 글
의 서두에서 이 시집에 실린 많은 시의 첫머리가 일종의
상황(극) 속으로의 몰입을 전제로 하고 있으며 상황의 발
생은 '시적 관찰법'에 의한 것임을 앞서 설명했다. 다음 단
계는 내적 실재의 발생 혹은 상황 속으로의 몰입이다. 이
를 2막이라고 해도 좋겠다. "2막"에 실린 시들이 그렇다는
것이 아니라 이 시집 전체의 플롯—3막 구성으로 되어 있
으니 플롯이라는 용어를 사용하는 것도 무리는 아닐 것이
다—에서 두번째 전개 양상이 그렇다는 것이다.
  인용된 시를 보자. 이 시의 첫 문장은 이미 어떤 상황이
발생했음을 전제로 한다. SF적 현실이니 초현실이니 상상
적 세계니 하는 말들은 여기에 별로 요긴해 보이지 않는다.
그저 시적 상황의 발생, 그 자체로 하나의 세계로 인정받을

수 있는 내적 실재의 분절이라고 해두자. 첫 문장은 동물어 번역기 개발이라는 상황 창조에 따른 세 가지 '기정사실'을 전경화한다. 동물어 번역기가 발명되었으며, 그것이 한동안 두루 사용되었으나 일 년 전에 모두 압수되었다는 것이다. 전문을 인용할 수 없지만, 생략된 중반부에는 동물어가 번역됨에 따라 동물 학대와 육식이 빠른 속도로 사라졌으나 동물어를 배우지 않으면 된다고 주장하는 사람들이 다시 육식과 사냥을 하기 시작했고, 최근 대기업이 내놓은 새 번역기는 동물들의 감정과 사고를 번역하는 수준에까지 이르러 급기야 인간의 존엄성을 위협하는 상황이 조성되었다는 내용이 담겨 있다. 인용된 후반부에 이르면 이런 일들을 겪고 난 뒤에 오히려 동물들과의 관계가 이전처럼 예사롭지만은 않은 단계에 이르게 되었다는 내용이 전개된다. 커뮤니케이션의 역설이라고 할 법하다. 이를 인간적 이해관계 속에서 최대한의 선의를 통해 타자의 모든 것을 판단하는 일의 '안온함'과, 경시하던 타자가 고유의 정서와 사고를 가진 독립적 실체로서 대등한 관계를 요청해오는 일의 '불편함'이 만드는 역설이라고 할 수 있을 것이다. 다만, 모든 이야기에서 교훈을 구하려는 태도를 굳이 취할 필요는 없겠다. 이야기가 주는 즐거움은 그대로 향수하면 그뿐이다. 이런 이야기는 어떤가.

오늘은 셀 마르티코에게 가서 밀린 이자를 받아낼 계획

이다 셀 마르티코는 돌을 키우는 사람이다 어제는 자신의
돌이 드디어 입을 열기 시작했다고 환희에 찬 목소리로 전
화를 해왔다 나는 그에게 내일은 꼭 이자를 갚아야 한다
고, 오후 두시까지 돈이 들어오지 않으면 직접 찾아가겠
다고 말했다 그는 자신이 키우는 돌이 날마다 다른 리듬으
로 진동한다고 했다 기왕 찾아올 거면 네시 조금 넘어서,
돌이 빛을 발하기 시작하는 시간대에 찾아오라고 했다 나
는 그게 언제인지 알지 못한다 빛을 발하고 사람의 말을
하는 돌, 그런 게 정말 있다면 밀린 이자 대신에 그 돌을
받아와도 괜찮을 것이다

(……)

그는 자신은 전당포 주인이며 내게서 산 돌이 삼십 분도
되지 않아 사라져버렸다고 했다 그러게 당신 간수 좀 잘
하지 그랬어, 여튼 셀 마르티코와 나는 아무 관계가 없는
사이고 그에게서 받아야 할 돈이 조금 있었는데 그건 이미
받은 거나 마찬가지니 내게 셀 마르티코의 장례식에 오라
느니 그딴 소리는 하지도 마쇼! 나는 전화를 끊고 소파에
드러누웠다 소파 아래에서, 개구리 울음소리가 들려왔다
　　　　　　　　　　　　　　　　　　—「돌」 부분

역시 상황 속으로 독자를 이끄는 문장이 서두에 제시되

어 있다. 이 이야기는, 『환상문학서설』(최애영 옮김, 일월
서각, 2013)을 쓴 츠베탄 토도로프의 구분에 따르자면 일종
의 경이(the marvelous)에 속한다. 토도로프는 비사실적인
이야기를 세 가지로 구분했는데, 초자연적인 요소가 이야기
끝에 이르러 자연법칙으로 설명되는 것을 '기괴한 이야기
(the uncanny)'로, 초자연적 요소가 제시되지만 끝내 자연
법칙으로 설명되지 않는 것을 '경이'로, 자연적인 설명과 초
자연적인 설명 사이의 망설임을 낳는 것을 '환상(fantasy)'
으로 구분하여 설명한 바 있다. 이 시집의 비사실적인 이
야기들은 기괴나 환상 쪽에 속하지 않는다. 사실인지 망설
이며 마음 졸일 일도 없고 결말에서 자연법칙에 의해 설명
이 주어지지도 않는다. 그저 그런 하나의 세계가 주어져 있
을 뿐이다.

　셀 마르티코라는 인물이 있다. 그는 '돌'을 키우고 있는데
이 돌은 개구리 울음소리를 내기도 한다. '나'는 돌이 자라거
나 소리를 내는 것에는 관심 없고 셀 마르티코에게서 밀린 이
자를 받아내는 데에 관심이 있을 뿐이다. 그런데 셀 마르티
코는 이자를 갚는 대신 '나'에게 돌을 맡기고, '나'는 그 돌을
전당포에 팔아버린다. 셀 마르티코의 부고를 전한 것은 전당
포의 주인이다. 그는 돌이 삼십 분도 되지 않아 사라졌다고
말하는데 전화를 끊고 나니 '나'의 소파 아래에서 개구리 울
음소리가 들린다.

　이것이 사태의 전말이다. 섣불리 교훈이나 유머 혹은 시

151

적 '감동'을 찾을 일이 아니다. 시의 첫 문장을 읽고 돌아서지 않았다면 그저 직진일 뿐이다. 이야기가 끝날 때까지 몰입하는 수밖에 없다. 「스타벅스 모카커피」의 방법적 회의를 원용해서 말해보자면, 정서를 풀어내는 이야기가 아니라고 해서 시가 아니라고 할 수는 없다. 시 공모를 통해 등단한 저자가 쓴 글이기 때문이라거나 시집이라는 규격에 묶여 있기 때문에 시라고 할 수도 없다. 그렇다면 이 작품을 시로 확정하는 데 필요한 논거는 무엇일까? 아니, 굳이 시라고 규정하는 게 필요하기는 한 것일까? 이제 우리는 세번째 단계, 문제의 핵심에 육박해가고 있다.

4. 너 독자여

여기에 무슨 가치, 혁신, 언어적 실험, 그딴 거 없지 그럴 수가 없거든 별 볼 일 없거든 나는 전혀 퇴고를 하지 않는 활자기피증 시인! 동어반복 중언부언 활자중독 늙은이들이라면 꼴도 보기 싫어할 그런 문장들이 내 특기!

내가 못하는 거?
불필요한 부사와 접속사를 지우기,
혹은 조사를 정확하게 표기하기,
쉼표와 마침표를 올바른 곳에 '적당히' 찍기

전략을 다 말해주니 재미가 없다 뭐 그런 말을 할 거면,
그래 그게 맞아 당신 말이 다 맞아 그런데 뭐?

지금 거기에 있는 바로 당신이라면 말야,

(······)

무슨 말인지 모르겠다고?
그럼 당신, 조사를 다 욱여넣는 타입인가? 여기 쓰인 문
장들이 거슬리는가? 어디 쑤셔넣을 수 있으면 그렇게 해
봐 그러다 당신, 반쯤 활자기피증에 걸릴지도 모르겠지
만!

—「활자기피증」부분

상황을 만들고 이야기를 풀어내는 목소리와 이 시에서처
럼 직접 자신의 정체(?)를 드러내는 목소리가 시집에 동시
에 출현하는 것은 전혀 모순되지 않는다. 이 시의 시적 주
체는 '불신의 자발적 중지'에 몰입하던 독자 쪽으로 불현듯
고개를 돌려 '제4의 벽'을 허문다. 가면과 맨얼굴을 수시로
교차시키는 것은 낭만적 아이러니의 한 특징이다. 순정하게
이야기를 풀어가는 이와 자발적으로 거기에 몰두하는 독자
의 관계는 이내 자신의 '영업 비밀'을 발설하는 시인과 놀란

눈을 치켜뜬 독자의 관계로 변모될 수 있다. 물론 그 역도 수시로 가능하다. 낭만적 아이러니에서 주체는 '자기 창조'와 '자기 파괴'를 거듭하며 동일성을 끊임없이 의심하는 주체이기 때문이다. 무엇 때문이겠는가?

그림을 그리려고 앉았더니 더위가 문제다. 실상은 시를 쓰고 있으면서 왜 그림을 그린다 하는가? 다른 행동을 하는 다른 인물을 써내면서 자판 앞에 앉은 자신을 지우려 함인가? 아니면 그림을 그리듯, 이라는 말처럼 시쓰기에 대한 일종의 비유로 이런 말을 하는가? 지우려 지우려 해도 끈질기게 거기 버티고 있는 자 누구인가? 그림 그리는 자들도 자신을 그림 속 주연으로 그려넣곤 하는가? 이를테면 외젠 들라크루아의 〈민중을 이끄는 자유의 여신〉이라는 그림 속에 들라크루아 자신을 그려넣기, 아니면 자신의 영화에 출연하는 수많은 감독들, 앨프리드 히치콕, 로만 폴란스키, 마틴 스코세이지, 우디 앨런, 쿠엔틴 타란티노, 박찬욱, 봉준호까지도! 이때 끈질기게 이들을 촬영하는 자 누구인가? 거기 절대적인 시선, 누구인가? 역시나 더위가 문제다. 그림을 그려야 할 판에 이런 답도 없는 질문들을 시키는 게 바로 이 말복 더위다. 그치만 거기, 문틈새로 또 나를 지켜보는 자 누구인가, 느낄 수만 있고 도저히 그려낼 수 없는 그 시선은 누구의 것인가. 더위처럼 내리쬔다 더위처럼 나를 옴짝달싹 못하게 하는 이 빌어먹

을 것 그러나 그것은 실상 나의 시선이다, 하는 시시한 결
말이 아니고, 도저히 어쩌할 수 없는, 내가 역으로 겨눌 수
는 없는, 저 빌어먹을 것!

　　　　　　　　　　　　　　　—「말복 더위」 전문

　결국 시 때문이다. 위 시에 그 사정이 적시되어 있다. 이
렇게 물을 수 있겠다. 상황과 이야기 속으로의 몰입이란 "다
른 행동을 하는 다른 인물을 써내면서 자판 앞에 앉은 자신
을 지우려 함인가"? 그런데 "지우려 지우려 해도 끈질기게
거기 버티고 있는 자 누구인가"?
　주체의 시선을 응시하고 있는 큰타자, 말하고 있는 자신
을 지시하는 말의 복본성을 낳는 것은 아이러니의 전형적
인 특징이다. 도모하고 패퇴하며 일으켜세우고 허물기를 거
듭하는 이 운동이 지시하는 곳은 실상 언제나 동일하다. 아
니나다를까, 다음과 같은 시는 정확히 바로 그 장소를 지시
한다.

　　정월 대보름에는 문득 그런 생각이 들었다 내가 여태 쓴
　시를 다 합쳐도 오늘 꿈에서 쓴 시 한 줄만 못하지 않은가
　그러나 그 한 줄은 도저히 기억나지 않고

　　(……)

꿈에서 쓴 그 시만 기억해내면 막힌 혈맥이 뚫리듯 후련
하게 인생 살아내겠구나 싶다가도, 도대체 그깟 시 한 줄
이 뭐라고 혈맥까지 막힐 일인가 싶고
쓰면 그만인가
쓰고 나도
또 써야 하지 않는가 싶고

'싶다'는 말은 이제 그만, 시에 대한 시도 이제 그만, 박
승열씨가 등장하는 시도 이제 도저히, 아 또 3이다 관습적
언어를 폐기하려고 써왔는데 습관성 리듬에 갇혀버리다
니 박승열씨도 이제 늙어버린 건가 싶고

아마 꿈에서 쓴 시는 영영 기억나지 않을 것이다
정월 대보름 날에는
환하게 뜬 보름달이나
보면 그만이지
싶다.

—「정월 대보름」부분

정향과 우회를 거듭하는 것이야말로 아이러니의 핵심이
다. 도달할 수 없기 때문이 아니라 손에 잡힐 듯 가까운데
다가갈수록 멀어지는, 거리의 역설이 아이러니의 정수이다.
아하, 이 3막극은 낭만적 아이러니 극장에서 상연되는 것

이겠다. "오늘 꿈에서 쓴 시 한 줄"이 선연하다. 그리고 선연할수록 이 시인의 시쓰기는 우회를 거듭할 것이다. 한계속의 되풀이와 우회하면서 다가가기, 그리고 다가가면서 우회하기가 아이러니의 운동 궤적이다. 박승열은 바로 이 운동 속에서 시를 감행하고 있던 것이다. 다음 상연에서도 우회와 정향의 되풀이가 지속될 것인가, 아니면 새로운 극장이 열릴 것인가……

박승열 2018년 『현대시』를 통해 작품활동을 시작했다.

— 문학동네시인선 175
감자가 나를 보고 있었다
ⓒ 박승열 2022

— 초판 인쇄 2022년 7월 1일
초판 발행 2022년 7월 14일

지은이 | 박승열
책임편집 | 정민교
편집 | 김수아 정은진
디자인 | 수류산방(樹流山房)
본문 디자인 | 유현아
마케팅 | 정민호 이숙재 박치우 한민아 이민경 박지영 안남영 김수현 정경주
브랜딩 | 함유지 함근아 김희숙 박민재 박진희 정승민
제작 | 강신은 김동욱 임현식
제작처 | 영신사

펴낸곳 | (주)문학동네
펴낸이 | 김소영
출판등록 | 1993년 10월 22일 제2003-000045호
주소 | 10881 경기도 파주시 회동길 210
전자우편 | editor@munhak.com
대표전화 | 031) 955-8888 팩스 | 031) 955-8855
문의전화 | 031) 955-1928(마케팅), 031) 955-2675(편집)
문학동네카페 | http://cafe.naver.com/mhdn
인스타그램 | @munhakdongne 트위터 | @munhakdongne
북클럽문학동네 | http://bookclubmunhak.com

ISBN 978-89-546-9984-6 03810

문학동네